La conjura
contra Porky

Fernando Vallejo

La conjura
contra Porky

ALFAGUARA

Papel certificado por el Forest Stewardship Council®

MIXTO
Papel procedente de
fuentes responsables
FSC® C117695
FSC
www.fsc.org

Penguin
Random House
Grupo Editorial

Primera edición: mayo de 2023

© 2023, Fernando Vallejo
© 2023, Penguin Random House Grupo Editorial, S. A. S.
Carrera 7 # 75-51, piso 7, Bogotá D. C., Colombia
PBX (57-1) 7430700
© 2023, Penguin Random House Grupo Editorial, S. A. U.
Travessera de Gràcia, 47-49. 08021 Barcelona

© Diseño: Penguin Random House Grupo Editorial, inspirado en un diseño original de Enric Satué

Printed in Spain – Impreso en España

ISBN: 978-84-204-7615-5
Depósito legal: B-5830-2023

Compuesto en MT Color & Diseño, S. L.
Impreso en Unigraf, Móstoles (Madrid)

A L 7 6 1 5 5

De noche no sale el sol.
CUCO SÁNCHEZ

Cuando me maté, de la iglesia me llevaron a la inspección de policía, de la inspección a la morgue y de la morgue al crematorio donde me echaron encima el chorro de fuego. Horas se tardaron en llegar a la catedral a oficiar el levantamiento del cadáver por culpa de los embotellamientos de tránsito, nuestro pan cotidiano. Y dije catedral porque no fue una iglesia cualquiera, de las que en Medellín abundan, como los almacenes de tenis. Fue en la Basílica Metropolitana, la más grande del mundo en ladrillo cocido y la séptima en tamaño bruto: tal el teatro de mi macabra ocurrencia.

¡Qué escándalo el que se armó! La prensa alharacosa clamaba al cielo que había sido una profanación, un sacrilegio. Que le habían dado una bofetada en la cara a Colombia y a Dios, cosa que me gustó porque se habían dado cuenta de que morí en mi ley como había vivido: negándolas todas y afrentando al Loco de arriba, a su Hijo Cristo y a su Iglesia y al paisucho que me cupo en suerte.

Semanas después estalló la guerra nuclear. Cuco: de noche no sale el sol, estás en lo cierto. Pero entérate de que nunca más saldrá de día. Lo apagaron, se apagó. Dejó de alumbrarnos y de propulsar la fotosíntesis de las plantas, que convertían los átomos de la atmósfera en materia orgánica de la que vivíamos todos, hombres y animales. Con sus negros nubarrones el Armagedón bloqueó los rayos del sol, y del calentamiento planetario de que tanto nos quejábamos pasamos al enfriamiento total y a la oscuridad. Cuando se consumieron las velas en las primeras noches y se agotaron las pilas de las linternas entramos en la nada negra. Falso que fueran a sobrevivir las cucarachas. Las que no había aplastado el hombre con sus puercas patas metidas en chanclas y zapatos sucumbieron a las radiaciones nucleares. La caparazón de esos animalitos no resultó tan protectora como decían. La Evolución tendrá que reempezar su obra constructora a partir de cero. Borrón y cuenta nueva en el planeta. Tal vez de ese chisporroteo de partículas elementales que hierven en el corazón del átomo surja un nuevo ser capaz de alimentarse a sí mismo de su propia energía sin atropellar al prójimo. No sé cuánto pueda tardar el experimento. ¿Otros dos mil quinientos millones de años? ¡Que se gasten, que Tiempo es lo que le sobra a la Eternidad! La Evolución puede experimentar cuanto quiera, con toda la paciencia del mundo. Yo no la tengo. Nunca la tuve, todo lo quería en el acto. En el sexual. Me parieron con el sexo grabado como con cincel en las neuronas. De ahí me lo sacó el tiro que me pegué.

Por fortuna en la nueva Tierra no habrá sexo. La perversa división en hombres y mujeres desaparecerá. Fue nefasta, fatal. Solo quedarán hombres. La culpa del Armagedón la tuvieron las mujeres, que atestaron de hijos el planeta. ¡Qué empeño en conservar el molde el de estas bípedas tetonas! Acabaron con las selvas y ya no cabíamos en los desiertos, ni en las montañas, ni en las lagunas, ni en los mares, y el peso del gentío estaba desquiciando al planeta y sacándolo de órbita y vino el colapso que tanto había anunciado yo. En la Nueva Tierra las reacciones nucleares propulsarán el Espíritu sin producir excrementos y tendremos por fin un planeta limpio.

Pero vuelvo a la catedral donde empezaba a enfriarme mientras llegaba el inspector. Una multitud se fue formando durante la espera. Donde ven aquí un espacio vacío, un hueco, lo llenan *ipso facto*. Un acomodador de carros se convirtió *motu proprio,* como proceden en las calles, en dueño de la catedral: «Delen, delen, delen, por aquí, vayan pasando», decía, y con una mano le daba vuelo a una hilacha roja para dejar pasar, y con la otra recibía monedas. Un maricón le dio un billete. «Gracias, papá», le dijo el ganapán y dándole paso a una señora con un niñito nos dijo: «Primero la abuelita». Y dejó pasar a una abuelita de 45 años que venía con su nietecito: les abrieron campo y los dejaron seguir. La multitud alzó al niño para que viera, en tanto un gamín de la barriada, un culicagado sin educación ni civismo, se abría paso a empellones para poder ver también él al muerto. Llegó, me vio, me inspeccionó de pies a cabeza, pero insatisfecho con lo que le decían sus ojos quiso verificar con el tacto y me puso una mano en la frente. «¡Uy! —gritó y la retiró como si hubiera tocado una plancha caliente—. ¡Qué hijueputa, está frío!» Carcajada general. ¡Cómo no iba a estar yo frío si estaba muerto y no llegaba el inspector a levantarme! Me dejaron enfriar.

Y ahora viene lo maravilloso: que Cuco Sánchez seguía cantando en mi equipo de sonido, uno de pilas, de los de antes, y al que antes de dispararme le había subido el volumen a lo que daba:

Tres corazones heridos
Puestos en una balanza
Uno que pide clemencia
Otro que clama venganza

Y el mío tan adolorido
solo con llorar descansa

11

Tres corazones heridos
Ya perdieron la esperanza

Cuco, explícame una cosa: cómo acomodaste los corazones en la balanza. ¿Pusiste en un platillo dos y en el otro el otro? ¡Cómo no iba a ser maravilloso Cuco Sánchez cantándole a Dios en la catedral de ladrillo cocido más grande del mundo!

Fueron como tres hermanos
Los corazones del cuento
Tanto supieron de amores
Que los mató el sentimiento

Su voz ascendía hacia las altas bóvedas como sube el incienso que esparcen los acólitos y atronaba el ámbito. Los pedófilos (fea palabra que sugiero reemplazar por pederasta o pediatra) se instalaban en las primeras bancas a oler monaguillos pasados por el incienso que estos angelitos agitaban en sus incensarios. ¡Qué delicia monaguillo inciensado! Y se saboreaban. Otros viciosos de humo, los fumadores de marihuana y de basuco, se instalaban en las bancas de atrás a fumar lo dicho. Pero la catedral estaba desierta a la hora en que llegué con mi equipo de sonido y el revólver a ofrecerle a Dios lo que quedaba de mis despojos: «Señor, en tus manos encomiendo mi espíritu», le dije. Y sonó un tiro rotundo. Ya diré luego dónde me lo pegué. Ahora estoy en el introito.

El viejo, yo, llegué, llegó, recién bañado y afeitado, y entró por la puerta lateral de la calle de Venezuela. Una beata como de un pasado lejano extraviada en el tiempo nuestro cruzaba frente al altar mayor santiguándose y emprendía la salida en el momento de mi llegada. Y un quídam revoloteaba por el presbiterio como buscando en el suelo algo que se le hubiera caído: el sacristán. Tomé por la nave izquierda rumbo al altar accesorio donde tienen entronizado un Cristo traslúcido, único, un óleo más bello que el *Salvator mundi* por el que el tirano asesino de Arabia Saudita Mohammed bin Salman pagó bajo cuerda, que es como procede y asesina, 500 millones de dólares. Me encaminé hacia el Cristo. Un amigo conocedor de arte y muy rico y gran pediatra, impenitente oledor de acólitos incensarios, me había explicado años atrás, henchido de orgullo patrio, que el óleo en cuestión era obra de un pintor antioqueño. O sea de Antioquia. O sea de aquí. Cuadro más hermoso que el que estábamos viendo no lo había pintado en su Historia mano humana, me decía el anticuario. Que valía cinco mil quinientos millones de dólares por lo bajito. «Tocayo —le dije—, ojalá que no lo vendan nunca y lo dejen para siempre entronizado donde lo pusieron, en este altar de esta catedral hermosa donde me pienso matar rezándole a él y acordándome de ti que me lo diste a conocer».

Y así fue, años después. Y, oh milagro, esa mañana espléndida, cuando me dije ¡pum! según lo tenía programado, el Cristo traslúcido me penetró con su ser el alma: entró por el agujero del pecho y a contracorriente de la borboteante sangre siguió hacia mi corazón por el camino sangrante que le señaló la bala. Y aquí me tienen en el cielo a la diestra de Dios Padre, desde donde les estoy hablando y hago llover.

Para no dejar cabos sueltos vuelvo a mi relato apocalíptico. Torres abatidas, iglesias derrumbadas, edificios calcinados, rayos zigzagueando, detonaciones sonando, explosiones explotando, terror, pánico, ayes, rezos, relámpagos... ¡Si encontrara las palabras para describir el momento estelar en que el planetoide Tierra voló en fuegos de artificio! Pero

¡ay! la palabra humana no da para nada... Y los escritores colombianos somos tan malos... Escribimos en una prosa cocinera, como de Santa Teresa. ¿Por qué me habrá dado por la escritura si desde que vi *El corsario negro* en un cine oscuro, a los cinco años, quería ser pirata? Un pirata de cinco años con mosquete y cimitarra al abordaje. ¿Y a herir y a decapitar y a dejar mancos? Mas ¡ay! el destino no lo quiso. Nací en tierra de montañas sin mar, ni buques, ni bajeles, ni cimitarras, ni mosquetes para lanzarme desde mi nave al abordaje del bergantín español cargado de oro y seguirme, entre llamas de fuego, con mi cara cortada y sexy y desafiando tormentas, a darle un beso en la boca a la hija del gobernador de Palauán. Nada de eso. Solo curas, peluqueros y alcaldes. Y un idioma rastrero y unas almas igual. Unas almitas viles. Además nací en el tiempo equivocado: en la Era de Porky y los Corruptos, y en vísperas del acabose. Si aguanto un poco, me llenaré mis apagados ojos del magnificente resplandor del Apocalipsis de San Juan. Viviré el capítulo final de esa colección de textos imbéciles escritos en hebreo y griego que llaman «la Biblia»: sangre, incestos, crueldad, inmoralidad, violencia, borracheras... Lectura edificante eso sí para los niños, que necesitan ir conociendo desde la tierna infancia la excelsitud humana. El carnívoro Yahvé que comía corderitos, cabritos, palomas, les dictaba la Biblia a sus amanuenses los levitas en hebreo cuando el pueblo judío estaba cautivo en Babilonia y hablaba arameo. Para entonces el hebreo era una lengua muerta, si es que alguna vez estuvo vivo en el habla y no fue desde siempre una lengua escrita que la tribu de Leví usaba para el ritual y no la entendía el resto de la población, que hablaba arameo, que fue lo que dije arriba, ¿o no? A veces pierdo el hilo del discurso... ¿Y cómo podían transcribir los levitas, pregunto ahora, la palabra de Dios en el hebreo escrito que no tenía letras para las vocales dando lugar a todo tipo de ambigüedades y confusiones? Hoy Yahvé tiene que estar asesorando permanentemente a los rabinos, resolviéndoles sus dudas, y con solo el diez por ciento de la población recalcitrantemente ortodoxa y cavernícola respaldándolos, respaldando a estos clérigos vestidos de fúnebre negro, de sombrero a zapatos, y que mientras escribo estas líneas dominan el moderno Estado de Israel.

Que vuelva el Caos a su estado original antes de Yahvé, el carnívoro que dijo «Hágase la luz». Y yo pregunto: ¿apenas la luz? ¿Apenas una partecita del espectro electromagnético? ¿Quién habrá hecho entonces el resto? ¿Los rayos gamma, los rayos X, los rayos ultravioleta, los rayos infrarrojos, las microondas y las ondas de radio?

Dos mil quinientos años después de que los de la tribu de Leví inventaran para sus fines a Yahvé, hoy los sionistas y sus mandamases los rabinos les han expoliado la tierra a los palestinos, sus legítimos dueños desde antes de que Abraham le diera con el cayado a su hijo Isaac en la cabeza para que no llorara porque lo llevaba camino al sacrificio. Y retomando la lengua muerta que era el hebreo levítico, los rabinos que hoy alientan la han transformado en el hebreo hablado de hoy, un engendro lingüístico de un pueblo plutocrático cuyos miembros masculinos, para identificarse en los sanitarios públicos en sus tejemanejes, se cortan la tapa del pipí.

Las ondas expansivas iban y venían como el oleaje marino, pero no de agua salada sino de magma ígneo. Afortunados los que nos escapamos del *dies irae* propinándonos una muerte oportuna. Adiós iglesias, adiós sinagogas, adiós mezquitas, adiós Moisés, adiós Cristo, adiós Mahoma, Muro de las Lamentaciones, Vaticano, Kaaba y cuantos santuarios levantó el judeocristianismo islámico a la Infamia y la Mentira. No digo que el Armagedón haya dejado piedra sobre piedra porque una piedra es muy grande. Lo que no dejó fue átomo sobre átomo, ni partícula atómica sobre partícula atómica. Volado el planetoide Tierra por Putin, Biden y Fu Manchú, el Cosmos ni se enteró y siguió impávido en su eterna vuelta sobre sí mismo en la que se repite y se repite como mis malquerientes dicen de mí en la colombiana prensa, puta y vil. ¿Repetirme yo? Se repite la fuente cuando canta. En cada instante soy distinto al que fui y al que seré. Hoy me río de los agujeros negros y las estrellas de neutrones; de las galaxias y sus billones de soles; de las estrellas enanas y de las gigantescas; de las tres dimensiones euclidianas y del espaciotiempo tetradimensional de Einstein, el tetramarihuano al que en una de estas realidades paralelas en que me muevo me lo encontré en el sitio más impensado: en la mismísima catedral de Medellín fumando basuco y marihuana con los basuqueros y marihuanos de la última banca.

—Alberto —le dije en antioqueño, lengua culta que él habla a la perfección—, felicitaciones por tus estafas con el signo igual, pero poné las dos rayitas paralelas en cruz para que los nazis crean que sos cristiano y no te gaseen en un campo de concentración.

—Perdé cuidado que no tienen cuándo —me contestó—. Ya tengo hechas las maletas para volármeles a los Estados Unidos donde me están esperando en Princeton con un sueldazo del Putas.

Vuelvo al tipo que buscaba algo en el suelo en la catedral. ¿Quién dije que era que se me olvidó? Pues el sacristán. ¿Y dónde está? Pues aquí. Aquí frente a mí hecho un tití, o sea un mico rabioso y masturbador.

—¿Qué está haciendo ahí? —me preguntó rojo de la ira el tití.

16

—Lo que ve —le contesté impávido como el Cosmos.

—No puede —replicó.

—Sí puedo —repliqué.

—Voy a llamar al canónigo —contrarreplicó.

—Llámelo pues —contrarrepliqué.

Volteó el culo y se fue taloneando rumbo a la sacristía a llamar al que dijo. Yo seguí en lo mío, afinando a Cuco, y le puse el parlante a lo máximo: «Tres corazones heridos, puestos en una balanza...» Saqué el revólver de seis tiros y con esa previsión que heredé de mi madre pensé: «¿Alcanzaré a pegarme dos? Uno solo me puede dejar tetrapléjico después de haber hecho el ridículo ante mi público». ¡Qué desconfianza la mía! Soy como el apóstol Tomás que quería meter el dedo en las llagas de Cristo para constatar que había resucitado y que no era otra de las mentiras del loco. ¿Pero en cuál llaga iba a meter el dedo si todavía no me había disparado ni un tiro y tenía seis en espera ansiosos por retumbar?

Me hablaba a mí mismo, que es al que le hablo siempre, a mi yo interior, mi interlocutor que nunca me rebate, que no me pide, que no me sablea, no me traiciona y que me ha probado mil veces que es ciento por ciento confiable y solidario conmigo mismo, que soy el que le da de comer y de beber y lo baña y lo maquilla, lo afeita y le pinta el pelo, lo deja vuelto un káiser prusiano. ¿O era a Cuco al que le hablaba? ¡Pero claro, qué despiste, le estaba hablando a Cuco! «Contéstame, Cuco, que te estoy hablando, no te hagas el muerto. ¿Cómo acomodaste los corazones en la balanza?»

Tres corazones heridos
Puestos en una balanza
Uno que pide clemencia
Otro que clama venganza

Hermoso. Cuco le daba un toque de fiesta a la escena trágica, y el público feliz con mi cadáver, abarrotando la Basílica Mayor. En Colombia donde hay muerto hay gente. Y donde hay gente pululan los acomodadores de carros, que por el flujo imparable de las circunstancias de la realidad enajenada se convierten en acomodadores de gente *ad hoc*. Pues ahora en mi basílica, y con la proliferación del gentío, que abunda en este hormiguero humano, brotó como por la generación espontánea de Lamarck el respectivo acomodador de gente. Ni se imaginan la soltura con que nos reproducimos los colombianos. Surgimos de la boñiga de las vacas como los hongos venenosos. «Delen, delen, delen», decía el flamante acomodador de gente como si estuviera acomodando carros. *Ipso facto* le resultó competencia y surgió la controversia, que se convirtió en disputa y guerra a muerte.

—Esta iglesia es mía, yo llegué primero —argüía el primero.

—Las iglesias no tienen dueño, son espacio público y yo también tengo derecho al trabajo —argüía el segundo.

«Trabajo» para esta gente es agitar un trapo y decirle «dele, dele» al que esté estacionando su carro. Y robarle lo que puedan de lo que deje adentro en tanto vuelve. Ni lo están cuidando, ni lo están lavando, ni le están ayudando al chofer a nada: lo están confundiendo, enloqueciendo, creando la confusión para que un compinche le robe al confuso dueño la billetera y repartirse después entre los dos bellacos «lo qui haiga adentro». Todo el que maneja sabe estacionar su carro sin necesidad de que un parásito le esté diciendo «dele, dele».

¿En qué iba antes de que me hicieran perder la cabeza estos acomodadores de carros? En los dos acomodadores de gente de la catedral, que de las palabras pasaron a los hechos. Sacaron los cuchillos y brincaban como gallos de pelea con espolones lanzándose cuchilladas a muerte. Los separaron, gracias a Dios, que si no, habríamos tenido otra «masacre de dos», como la habría designado la prensa colombiana, alharacosa, puta y vil. Dos muertos, señores directores, reporteros y opinadores de *El Espectador, El Tiempo, El Colombiano, Semana* y roñas similares, no es una masacre. ¡Masacres las de mi infancia! Cien decapitados a machete y regados por el suelo los cadáveres con las cabezas de unos acomodadas a los cuerpos de otros a la buena de Dios, a la diabla. Durante medio siglo fuimos el país más asesino de la tierra. Reventábamos los récords Guinness. Pero ay, el Tiempo corre, nada queda, y con los años y las décadas se van yendo los siglos y los milenios. Lo único que queda en pie es Cristo. ¡Cuánto hace que los judíos lo mataron, y ahí sigue dando guerra colgado de una cruz y amenazando con que vuelve!

¿De qué hablaba? ¿De Cuco? De él no, de Cuco no, él ya murió, desafortunadamente. Ya lo anoté en mi *Libreta de los muertos*. Hablaba de la Realidad, la fuerza que me mantenía anclado a tierra, pero esta imprevisible mujer echó a correr como una loca escapada del manicomio y me dejó al garete, y yo ya no soy yo, yo ya soy otro: el algoritmo de una supercomputadora.

Evitada la masacre un voluntario del corrillo apagó el equipo. «¡No, por Dios, no lo apaguen, no toquen nada, dejen las cosas como están para que tenga elementos de juicio la autoridad!», gritaba a voz en cuello un ser desesperado. Era el canónigo, que venía de la sacristía y cruzaba ahora el presbiterio al trote con su barriga próspera. «Bueno, papá», le contestó el voluntario, y muy ofendido volvió a prender lo que había apagado. De un tiempo para acá a la pobrería de Colombia le ha dado por decirle «papá» al que sea. Es un vocativo que a mí me suena irrespetuoso. En la situación presente lo que procedía decirle al canónigo era «Bueno, padre». «Papá» dicho a un canónigo de catedral se me hace impropio. Ya Colombia no respeta ni a los curas.

En medio del barullo un malicioso no perdía de vista mi revólver, que había caído a unos centímetros de mi mano derecha exangüe. Y el bribón pensaba: «¿Cómo haré para robármelo en un descuido de esta gente?» ¿Esta gente? ¡Un gentío! Ni el mismísimo Houdini se lo habría podido escamotear en medio de semejante multitud. Mil ojos dobles viendo. En Colombia por donde uno va ojos ven y lenguas hablan. Incapaz de guardar un secreto, a las primeras de cambio, sin irle ni venirle este país suelta la lengua. ¡Pero para qué hablan, si ya saben que la vida es breve! En Itagüí mataron a un mudo porque después de ver matar habló, como por milagro de Cristo: trazó con el índice de una mano el recorrido de un cuchillo por un cuello. Horas después le recorrieron el suyo con uno de cocina.

Nada callan, todo lo cuentan, van desembuchando. Voy por ejemplo a visitar a un conocido, un físico y todólogo que tenía deudas conmigo de larga data, y no bien me ve un acomodador de carros de su calle me pregunta que si busco al profesor Vélez. Exacto, era al que buscaba, ¡me leyó el pensamiento! Aquí cuando uno va ellos vienen. Le contesté que sí con la cabeza para no tener que hablarle, y de inmediato me informó: «Vive en esa casa grande y fea, pero en estos momentos no está. Le están dando una caminadita para que no se tulla porque tiene alzhéimer». «¡Ay, qué pena! —pensé—. El que escribió *Del Big Bang al Homo sapiens* víctima de semejante desgracia...» Después de los puntos suspensivos le di a mi informante una propina para que no me cogiera tirria y me sumara a la lista de sus odios, como aquí se estila.

—Que Dios le aumente sus bienes y la Virgen me lo acompañe —me dijo agradecido recibiendo el billetico.

—¿Y por qué no te los aumenta a vos que sos el necesitado? ¿Y para qué quiero a esa vieja pedorra de guardaespaldas? ¿Anda armada de metralleta, o qué?

Pero esto no se lo dije a él, se lo dije a mi yo interior. Ver, oír y callar que la vida es incierta, y más aquí en Medellín, Colombia.

Llueva que truene, truene que escampe, aquí el que vive sufre todo tipo de atropellos. Atropello va, atropello viene, y mal que llega llega para quedarse. Atropellos del vecino, del ciclista, del motociclista, del automovilista, del camionero, del Gobierno o sea el Estado, del que eligen, del que hoy nos hunde: Porky... Primera Ley de la Realidad: Lo que esté en torno del viviente lo atropella: hombres, animales y cosas. E instituciones. Y el papa no sirve para mediar en ningún conflicto. Habla mierda.

La víspera de mi inmolación cité a la Muerte en mi casa, y no bien tocó y me asomé, sin dejarla pasar le espeté: «Solo yo sé cuándo y dónde. No vas a decidir por mí. Te vas a llevar tu buen chasco, cabrona». Y le tiré la puerta en las narices.

Pues minutos antes de las 10 del día siguiente, cuando llegué en taxi a la basílica, en la puerta de Venezuela me estaba esperando.

—Ya sabía que era aquí y a las 10 de la mañana —me dijo—. Antesitos de tu portazo te leí el pensamiento.

—Mentirosa, no sabías. Me esperaste afuera de mi casa desde la madrugada y me seguiste en otro taxi.

—No necesito taxis, me guío por el GPS. En siete minutos y medio te voy a matar de un tiro en el corazón para que te tragués tus palabras. Va a ser lo último que oigan tus neuronas.

Noticia de *El Colombiano* en primera plana abajo de la de mi muerte, pero en letra chica, discreta, nada destacada, intrascendente: «Reyerta entre galaxias. Tres galaxias se están despedazando. La colombianización del Cosmos».

Porky es un verboso, van a ver. Pero a su tiempo. Sigamos.

Los habitantes del país en que transcurren estas memorias o novela o lo que sea son muy colaboradores porque viven en el «rebusque», voz que en la vida colombiana abarca mucho: hurtos, robos, atracos, sablazos, lo que caiga. Nuestro Departamento Administrativo Nacional de Estadísticas, alias DANE, incluye el rebusque en el pleno empleo, de que disfrutamos hoy gracias al engañabobos Porky. Y «colabóreme» significa «deme». El forastero se cruzará aquí y allá con vendedores ambulantes de chicles: los llevan en unas cajitas de cartón envueltas en papel celofán transparente para que los potenciales donantes vean que están trabajando y que no son unos parásitos. Y les dicen: «Colabóreme, colabóreme, papá, que tengo hambre». Tienen hambre a mañana, tarde y noche, tres veces al día, religiosamente. ¿Y «papá»? ¿Llamarme a mí «papá»? ¿A un inocente antirreproductivo que jamás se ha cruzado bíblicamente con mujer alguna? A mí me resultan hijos en cada esquina, como balas perdidas. También los vendechicles me dicen a veces «padre», como si fuera cura.

Al que les colabora le dicen: «Que Dios lo bendiga y le aumente sus bienes». Y al que no colabore, que corra su riesgo. En Colombia gozamos de una pobrería armada. ¡Qué lejos, ay, quedaron los mansos mendigos de Pérez Galdós! «Vivir peligrosamente» dijo Nietzsche. ¡Claro, porque no vivía en Colombia! Murió sin conocer el riesgo, hablaba a tontas y a locas. No imaginó que existiera un país paradisíaco donde florecen, entre cafetales y cocales, las prepago, doncellas de flamantes senos artificiales de los que les dan a sus clientes de beber (o en vaso aparte) leche con escopolamina, el alcaloide de la flor del borrachero que pone a soñar sueños de opio a los calientes clientes y los desconecta por un rato o para siempre de la estorbosa realidad. En Colombia vivimos muy bueno. Extranjero que llega se queda (en una morgue).

Acabo de anotar a otros dos en mi *Libreta de los muertos:* uno, Enrique Peñalosa, que fue alcalde de Bogotá; y dos, Juan Manuel Galán, el magnicida. Mendigaban firmas, limosneaban votos, daban entrevistas, debatían temas, recogían plata, se hacían retratar con el puño cerrado amenazante, o saludando con la mano sonrientes... Los dos soñaban al unísono: con la presidencia. No se les hizo. La Muerte votó por ellos y los despertó al sueño eterno.

Inerme ante los atropellos de unos y otros por desaparición de la autoridad o por su corrupción endémica, aquí voy con mi perra Brusca por estas calles de mi barrio de Laureles, antaño apacible y plácido y hoy un albañal de la Horda, desafiando en cruces de calles y más calles sin semáforos a la Muerte, quien viene muy oronda, a toda verraca, conduciendo un automóvil, o un autobús, o una bala-moto.

—Brusquita, qué hijos de puta nos tocaron. Volvámonos para México.

Brusca es una perrita grande muy bella pero brusquísima, le queda corto el nombre. Tumba muebles, tumba gente, tumba carros, tumba casas... Mexicana de nacimiento y colombiana por adopción habla ambos idiomas a la perfección, es bilingüe. Y aquí vamos, ella y yo, capeando la tempestad y a la Muerte.

Gobernada por la cleptocracia y la zanganocracia de la partidocracia, por unos bribones mendigos de firmas y votos que se sienten «demócratas» y llaman «partidos políticos» a las mafias que montan para repartirse entre los amafiados los altos puestos públicos y los contratos si llegan al poder, Colombia va de culos rumbo al abismo. Me alegra. Se lo merece. Colombia está podrida y siempre lo ha estado y desde que nació (e incluso tres siglos antes si le apretamos un poco los tornillos a la Historia) ha sido una mala patria, una paridora desaforada de estafadores, mendigos y ladrones, etcétera, un largo etcétera. Que se hunda. El problema es que nos está arrastrando a mí y a mi perra Brusca en su turbión de lodo e inmundicia. El día de elecciones los que se consideran a sí mismos «buenos ciudadanos» salen a votar, «para hacer patria», por esa caterva de hideputas. No tenemos escapatoria, Brusca niña, la Muerte, por lo ocupada que vive, nos está posponiendo su visita. Que sea de médico y no de semanas o meses, que no tengo vocación de enfermo postrado en cama ordeñado por los médicos y rezándole a la Virgen. Esta vieja parásita vive sentada en lo alto del cielo en un trono de oro viendo pasar las nubes y los siglos. Pedirle uno favores a esta reina zángana es como un bebé de teta pidiéndole leche a su madre muerta.

Por donde pasan mis paisanos dejan su huella: colillas de cigarrillo, bolsas de plástico, huesos de pollo, cáscaras de plátano, restos de sancocho, niñas preñadas, mujeres apaleadas, hijos abandonados... Y a mí me premiaron una noche con lo que van a ver: cuando salí a las 6 de la mañana a barrer la acera de la basura que me deja la Horda en las veinticuatro horas que llaman «día», al abrir la puerta se derrumbó un cadáver: lo habían puesto de frente recostado contra ella, sentado y con la cabeza gacha, como un pelele borracho. ¿Borracho? ¡Muerto! Lo mataron durante la noche de una puñalada en la espalda dejándole la camisa por detrás inservible, rasgada, tinta en sangre. Miré para lado y lado y la calle estaba desierta por ser domingo, víspera de lu nes y martes también de fiesta, uno de esos largos puentes que hacen mes tras mes los colombianos para no trabajar, y acaban de salir de uno de dos años que, para quedar bien con todos, decretó el zángano Porky aduciendo que nos estaba salvando de una peste siendo que la peste eran él y los de su calaña... ¿En qué iba cuando me encarreré y se me dañó la frase y me desvié por culpa de este parásito público asqueroso? Ah sí, iba en el acuchillado: lo puse boca abajo para que no dejara un rastro de sangre, y dando tumbos la desvencijada cabeza lo arrastré hasta la casa vecina, la de un pastor protestante de esos que viven del cuento de que «Dios es amor y Cristo te ama», con el que le sacan la mitad del sueldo al que se les arrime: lo dejé recostado contra su puerta, a la entrada.

Tiene este evangélico la fea costumbre de sacar a sus dos perros a mi antejardín para que salten a mi verde prado y allí procedan, aullando como lobos, a sus evacuaciones. Y en tanto evacúan, él mira para otro lado haciéndose el distraído. Con el amor y la humildad que me caracterizan recojo lo que me dejan esos animalitos pues no soy como Cristo que nunca se agachó a recoger. Se pasó su vida pública devolviéndoles la vista a los ciegos, la salud a los enfermos, la vida a los muertos, lo que quieran, pero recoger, lo que se llama recoger, no se le ocurrió nunca. Nada dicen al respecto sus biógrafos, los evangelistas. Él no quería a los animales. A los fariseos los llamaba «serpientes raza de víboras» y al rey Herodes «zorro», y decía que no había que tirarles las perlas a los «cerdos», a los que les pasaba los demonios que les sacaba de adentro a los endemoniados. Ni una palabra de amor tuvo por nuestro otro prójimo, los desventurados animales. Mi perra Brusca es a quien más quiero, y con eso les queda dicho todo. Y vuelvo al Hijo del Hombre para no dejar inconcluso el rosario.

El Hijo del Hombre, Jesús Montoya, el que sacó a latigazos a los mercaderes del templo cuando los encontró vendiendo en el atrio tenis y celulares, jamás se afeitó ni se bañó. Dicen, sí, sus biógrafos, que se metió hasta la cintura en las aguas del Jordán para que lo bautizara Juan Bautista, su primo, con una totuma de agua chorreada en la cabeza, único contacto suyo por la parte exterior con el vital líquido de la limpieza. De este Juan Bautista (que no hay que confundir con Juan el Apocalíptico, el profeta del fin del mundo de que tratan estas páginas) estaba prendada una bailarina cargada de lujuria y senos, mas no de siliconas como los de las prepago del parque Lleras de Medellín, Colombia, no, naturales: Salomé. Lo triste de su historia es que el Bautista no le hacía caso porque era gay. Los hermosos senos y los hermosos glúteos contoneantes de la bailarina no le hacían mella en su alma desviada que cruzó la calle y se pasó a la otra acera. Entonces Salomé, despechada, le pidió a su padrastro Herodes «el zorro» que lo mandara decapitar y le trajeran la cabeza en una bandeja de plata. Y así se hizo: el zorro le satisfizo al pie de la letra sus deseos. Hay mucho que aprender del Antiguo y el Nuevo Testamento. Están llenos de sangre, vino, sexo, lujuria, incesto, saqueos, masacres... Me encantan. Se los recomiendo a los padres como lectura edificante para sus niños.

¿Apariencia física de Jesús Montoya? Idéntico a Charles Manson, el asesino de Sharon Tate.

La Horda Paridora no suelta el celular y se la pasa montada en bicicletas, motos, carros, que les tiran a los transeúntes que se atrevan a andar sueltos por las calles, como es mi caso y el de mi niña Brusca con la que siempre me verán. Llegan tarde a las citas para hacerse esperar, o no llegan. Trabajo que les encargan lo hacen mal y dejan suciedad y destrozos por donde pasan. Paredes, pisos, muebles, tapices, cuadros, pianos, los dejan empuercados, arruinados, manchados con sus huellas digitales de criminales. Cuando obran mal miran para otro lado, como el pastor protestante de los aullantes y cagantes perros haciéndose los desentendidos, la misma cara que pone el predicador hideputa mientras evacúan sus animalitos en mi antejardín. ¿Por qué no se irán de la Tierra estas pichurrias habiendo cientos de exoplanetas habitables en la Vía Láctea, que está aquí a la vuelta, en nuestro patio trasero? Y que nos dejen vivir en paz a los ciudadanos decentes, al uno por diez mil de la población, constituido por los protectores de los animales y por mis inteligentes lectores, lo mejorcito del paisucho. Abstente de caminar por estas calles de horror, amigo mío. Con una moto, con un carro, con un bus Colombia te atropella y huye. El atropello, el engaño y la deshonestidad dan buena cuenta del alma de esta mala raza. Y otra cosa, hablando de horrores: Bill Gates es un superhampón de calibre internacional. Con sus Windows cambiantes y una jerga enmarañada le está sorbiendo el cerebro y la vida a media humanidad, que ha caído en sus redes.

Brusca tiene refinamientos olfativos que le estimulan la excreción, y arrastrándome por la traílla de que la llevo atada para que no se me suelte por estas calles mortales me hace meter por cuanto pradito público ve, refugios de verdor en la jungla de asfalto, terrenos minados por sus congéneres. Luego (como si me quedara tanto de vida) me gasto sesenta minutos ¡una hora entera! lavándome los zapatos de lo que pisé, con agua abundante, cepillo y jabón. La excreción es norma universal. Dios excreta agujeros negros. Y los poetas, versos. Y los novelistas, novelas. ¡Y con diálogos! Un diálogo en una novela, omnisciente o no, de tercera persona o de primera, la empuerca. Hagan de cuenta un lunar negro con pelos en la nalga de una doncella. Los diálogos deslucen

27

el género. Por eso jamás los uso y fluyo en una prosa limpia, corrida, transparente, enemiga de todo procedimiento tramposo.

Llegó pues, como dije, el canónigo. Obeso y bondadoso frisaba los sesenta. Ni rastro de pediatría se le veía en sus cansados ojos. De párroco de un pueblo menesteroso que no daba ni para comer gallina una vez al mes él y su anciana madre, había ascendido a Deán del Cabildo y Presidente del Capítulo de la más encumbrada catedral de ladrillo que hayan visto los siglos.

—¿Qué pasó, hijos míos? —preguntó el canónigo.

—Es lo que quiero saber yo —contestó con voz cavernosa un nuevo personaje que todavía no he podido presentar porque surgió de la nada en el lugar de los hechos sin darme tiempo—. Soy el Agente de la Fiscalía que viene a levantar el cadáver.

Fíjense bien en lo que dijo: que venía a «levantar» un cadáver, como si él fuera Cristo y el cadáver el de Lázaro, o una pastilla de Viagra y un pene. Ha debido decir: «Vengo a realizar el levantamiento de un cadáver». Confunden los verbos con los sustantivos. Además, ¿cómo sabía el chupatintas que lo que veían sus ojos era un cadáver? ¿Y si de golpe el Señor Caído se levantaba con una erección fenomenal, en plena resurrección de la carne?

El diálogo que siguió entre el Agente de la Fiscalía y el canónigo no lo reproduzco *ad litteram* porque no soy Balzac el sabelotodo ni ninguno de estos plumíferos concursantes que pululan en nuestro indefenso idioma y se ganan sustanciosos premios literarios dándoselas de omniscientes y atiborrando sus novelas de diálogos. No más omnisciencia en la novela que nadie sabe lo que pasa en mente ajena y a veces ni en la propia. Ni más diálogos, que el diálogo es de la vida, del teatro, del cine, de la telenovela, y nadie puede repetir exactamente ni siquiera lo que dijo hace un instante. En mis novelas solo habla el autor y los personajes callan. No grabo conversaciones, no invento patrañas, no cuento vidas ajenas, no novelo, y en este punto solo me resta recordar que el canónigo creía, erradamente, que los levantamientos de los cadáveres los seguían haciendo en Colombia los Inspectores de Policía.

—¡Uuuuuuy, eso fue hace años, padre, usted está muy atrasado de noticias! —le contestó el funcionario poniéndolo al día—. Ahora los levantamos los fiscales.

—Perdón por la confusión, señor fiscal —le contestó el canónigo corrido.

—No soy fiscal —contestó el funcionario con aspereza—. Soy uno de sus representantes porque el fiscal propiamente dicho, el principal, enfrentado a tantos asesinatos y levantamientos como se producen a diario en este país de cafres no se da abasto y delega. Veamos pues qué fue lo que pasó aquí. Apaguen ese aparato.

Y apagado el aparato y silenciado Cuco para siempre el semifiscal se arrodilló en las baldosas del piso al lado del cadáver para echarme una mirada profesional llena de interrogantes.

—Le dispararon a tres metros —le informó sin que le preguntaran un entrometido del público de la tercera edad, y hasta de la cuarta, mayor que el cadáver.

—¿Usted vio? —le preguntó el fiscal en funciones mirando al vejete desde el suelo pues seguía arrodillado.

—Prácticamente —contestó el matusalénico desde arriba—. Vengo a diario a misa de 8 y no me pierdo ni una. Monseñor me conoce, ¿no es verdad, Su Ilustrísima?

Y miró al canónigo, a quien aunque no conocía a su cliente no le quedó más remedio que asentir con la cabeza.

—Son las 10 y 20 —constató el fiscal en voz alta viendo la hora en su celular inteligente.

—Exactamente —corroboró el antediluviano constatándolo en un Nokia antiguo de los de tapa, más viejo que los cerros de Úbeda por donde anduvo Santa Teresa fundando lesbianatorios que llamaba «conventos».

—Fueron dos, no uno —le informó al fiscal sustituto, soltando la lengua como una lora borracha de vino de consagrar, una feligresa que se le tomaba al canónigo a escondidas el espiritoso licor eucarístico.

El fiscal se levantó de su incómoda posición (dejando todavía tirado en el suelo al cadáver como si fuera un simple objeto, un cuerpo inerte indigno de levantar) y miró uno por uno a los de la primera fila del corrillo, los delanteros del gentío, con lentitud salomónica y sacando el mentón como un perro de aguas olfateando. «¿Cuál de estos asquerosos sería el que lo mató? ¿Estaría todavía en la catedral? ¿O habría salido huyendo el hijueputa?» Tales los derroteros que tomaba su detectivesca mente.

—Fueron los del combo del caratejo Úsuga, que se están apoderando del centro —le contestó leyéndole el pensamiento otro *habitué* de la iglesia, uno de los basuqueros einstenianos.

«Basuquero» es el que fuma o vende basuco (o ambas cosas); «basuco» se explica en otro libro del autor; «combo» es una banda de delincuentes. Y «caratejo» no sé qué es. A lo mejor otro chichipato, otra pichurria, de esas que abundan en Colombia.

Reflexión en voz alta de otro espectador para que lo oyera el fiscal: «El equipo con parlantes lo pusieron para disimular y desviar la atención de las autoridades». El fiscal lo miró con ojos de desprecio y pensó: «Qué vas a saber nada de nada, pobre hijueputa».

Que la multitud no se hubiera embolsado ya el revólver en semejante ajetreo se me hace un milagro. En este país se roban un hueco para enterrar una vaca, y un cadáver para tomarle las huellas digitales y después vaciarle de la cuenta bancaria lo que no se alcanzó a gastar en vida el difunto. Una huella digital en Colombia vale por una cédula de ciudadanía y un pipí. Para entregar una exigua suma de dinero en las ventanillas de los bancos colombianos primero examinan por ambas caras, con despectiva incredulidad, la cédula de ciudadanía del cliente; y acto seguido le toman las huellas digitales de los dedos de ambas manos. Y como las mías se me habían borrado por los años y dactilográficamente los aparatos no lograban reconocer mi valía, me quité los zapatos y les dije a los cajeros: «Entíntenme las de los pies».

Vuelvo a Einstein y a sus basuqueros entregados uno y otros a las drogas de humo en cuerpo y alma.

—La cruz que me propone —me respondió el princetoniano reanudando nuestra conversación— no puede ser porque ya existe y tiene una función establecida: la usamos los matemáticos para sumar.

—¿Sumar? —le contesté—. Vos no has sumado nunca, multiplicás como todos los de tu raza, por eso están tan ricos. Ustedes huyeron de la cruz del que mataron, como Drácula volando después de chupar un cuello. Mirá la pendejada que escribiste: $E=mc^2$: «Energía igual a masa multiplicada por la velocidad de la luz al cuadrado». ¡Qué tiene que ver la luz con la masa! ¿Y por qué ponés la luz al cuadrado? ¿Para hacerte el interesante? Mirá en cambio la que escribí yo: $PE=C+ES^3$. Todo en mayúsculas, sin una minúscula, y con el signo más noble del ser humano: la cruz de Cristo.

—¿Y qué es ese montón de mayúsculas, qué quieren decir? ¿Cómo se lee su ecuación?

—Se lee así: «Padre Eterno igual a Cristo más Espíritu Santo al cubo». Mucho más cosmológico que la pendejada tuya. Abarca la totalidad de lo total.

31

—Dios no juega a los dados —contestó.

—¿Y con quién va a jugar, pendejo? ¿Con el Diablo?

—¿Y dónde está la masa? —preguntó veloz como una criadita mexicana, que son todas de respuesta rápida.

—En un par de tetas bien grandes y bien paradas —le contesté con mi velocidad de rayo.

Quedó noqueado. Como si le hubieran anunciado que Mileva su mujer estaba esperando trillizos. Lástima no poder contar con Vélez para que dirima mi discusión con el princetoniano, pero Alzheimer le borró el disco duro desde el *Big Bang* hasta el *Homo sapiens* y se lo dejó cual escolástica *tabula rasa*.

Heterodoxo de espíritu, en sexo soy ortodoxo: de pene en vagina como quiere Francisco. Que tengamos hijos y no perros ni gatos, dice. Si no le ponen un hasta aquí a esta vaca horra pampeana como hicieron con Juan Pablo I el hipotenso dándole un hipotensor, va a acabar con lo que queda de la Iglesia: los despojos que han dejado los luteranos, los calvinistas, sus doscientos cincuentitantos papas y sus pediatras. En mi breviario de brujería *Años de indulgencia* la Curia Romana encontrará un catálogo exhaustivo de bebedizos *ad hoc*.

Lo que sí levantó el fiscal, en un abrir y cerrar de ojos, fue mi revólver, que se embolsó, dejándome desarmado en un país de hampones.

Puta y alharacosa como siempre ha sido, la prensa colombiana echó al vuelo las campanas por mi muerte denunciando mi «sacrilegio». «Profanación de la Catedral» titulaba *El Colombiano* arriba, a seis columnas, su pasquinesca primera plana, con las letras del encabezado saliéndose del papel chorreando tinta sangre y ardiendo en llamas. Y no era para menos pues ya saben de la calidad de mi performance en la que fuera la séptima iglesia más grande del mundo antes de que se la fumaran los marihuaneros raspándole sus ladrillos para potenciar con raspado catedralicio sus baretos.

El hombre y la mujer tienen la inteligencia y la información suficientes para separar el sexo de la reproducción. Los animales no, son inocentes. La especie nuestra perdió la inocencia hace incontables generaciones. La reproducción humana es monstruosa. Nadie tiene el derecho de imponerle a quien no le ha hecho mal ninguno el horror de la vida y el horror de la muerte. El alma atropelladora de Colombia la paridora se respira día a día, calle a calle. La vida tiene la culpa. Empieza en unos bebés berrinchudos y cagados y termina en las pichurrias de que este libro trata: falsos, dobles, atropelladores, simuladores, traicioneros, traidores, la Horda. Mi camino al Todo lleva a la Nada. Todo lo dejo atrás. Todo, todo, todo. ¡Pobre de mí que cargo con la desventura de mis hermanos los animales, con el horror de las carnicerías y los mataderos, con todo el dolor del mundo!

El aparato con sus parlantes en que puse a cantar a Cuco lo compré en El Hueco, distrito comercial de Medellín que se me olvidó dónde está, pero Google sabe.

Y los vitrales catedralicios, de luminosos verdes, rojos, azules, violetas, amarillos, reverberaban en armonía con mi flamante artilugio del que salía la voz del gran Cuco Sánchez, medio distorsionada por la mala calidad del producto pues en El Hueco no venden sino basura china, mierda amarilla. Nunca más en los vitrales de la catedral volverá a dar concierto la orquesta de rayos del Sol, que refulgía esplendoroso en los instantes de mi transfiguración. Putin, Biden y Fu Manchú lo silenciaron, lo apagaron. De todos modos, si nos decimos la verdad, que de algún consuelo puede ser, en el gran teatro del Cosmos el Astro Rey no pasaba de ser una mísera estrella enana, de las que hay por millones y millones de billones y trillones en nuestra sola Vía Láctea, una galaxia lechosa de mediano tamaño.

Nadie supo qué pasó cuando se oscureció la Tierra. ¿Habría chocado un asteroide contra el planeta inteligente? ¿O acaso se le desprendió un bloque a Selene y vino a dar sobre nuestras pensantes cabezas? Lo que alcancé a decir fue: «¡Malditas sean las Empresas Públicas de Medellín que nos volvieron a cortar la luz!» ¡Si solo hubiera sido la luz otros turpiales nos cantaran! También el agua. Y los inodoros de la Bella Villa, capital de Antioquia la Grande, se llenaron a rebosar recordándoles a sus envanecidos habitantes de dos patas que no eran los reyes de la creación como se sentían, ni polvo de estrellas, sino polvo de mierda o mierda en polvo que se lleva el viento. *Memento, homo stulte, quia pulvis es et in pulverem reverteris.*

Ave de mal agüero, bruja medieval reencarnada en una niña moderna de trenzas que defiende el medio ambiente con la complicidad de la prensa puta, la sueca Greta Thunberg desencadenó con su histeria catastrofista la catástrofe. Se sentía esta malparidita la vocera de los niños, como si los del mundo entero la hubieran elegido en elecciones libres, imparciales y universales. De la niñez pasó la Thunberg a la pubertad, y cuando ya estaba en edad de pichar, coger, chingar, follar o como se diga, porque en este idioma tan vasto uno nunca sabe, en vez de subirse al tren de la dicha que la iba a llevar al orgasmo sublime se entregó a regañar a los adultos con el ceño fruncido. Y fruncido arriba el ceño se le frunció abajo el coño. La prensa mundial, la tan mencionada puta, la volvió *trending topic* y la encumbró a noticia periódica para llenar vacío, igual que se inventó meses después la pandemia de un virus bobalicón, maricón, que mata si acaso, y no está probado, a uno que otro viejo valetudinario, y del que ha sacado gran provecho nuestro Porky vacunando a diestra y siniestra,

34

con un refuerzo, dos refuerzos, tres refuerzos, cuatro refuerzos, y dándoselas de nuestro salvador con su verborrea insulsa durante meses por televisión. Ignoro a quién habrán ido a dar las comisiones de las compañías farmacéuticas. Porque las hubo. Y en grande. Y pongo de testigo a Dios que me ve. Nalga vacunada, coima embolsada. ¿No fue así, Diosito mío?

¿Cómo llegamos a ocho mil millones a partir de solo dos individuos, y sacado uno de ellos de una costilla del otro? Gracias al incesto: Adán se cruzó con Eva y luego con las hijas de ambos. Y Eva se cruzó con Adán, y luego con los hijos de ambos. Y los hijos y las hijas de ambos, además de cruzarse con sus progenitores, se cruzaron unos con otras. Y luego siguieron los primos con las primas, los tíos con las sobrinas, las tías con los sobrinos, y así y así y así. Y así nació el vil género humano. La Biblia calla sobre el incesto universal que aquí dejo en claro, pero ese libraco es una sarta de invenciones inmorales y estúpidas, obra de un pueblo necio que se empeña en ser el elegido de Yahvé así lo exterminen en castigo por su codicia insaciable del becerro de oro, el vil metal, al que le rezan, y escritas con un léxico paupérrimo y una sintaxis que no conoce la subordinación, de dar vergüenza ajena. Ahí todo es: Y lo uno y lo otro y lo otro y lo otro... No más empieza y Caín mata a Abel. Y después los locos dicen que Colombia es asesina...

No se supo entonces ni nunca se sabrá quién apretó primero su botón nuclear porque si hubo entonces alguno que lo pudiera saber no quedó ninguno que lo pudiera contar. *Consumatum est, ignoramus omnia.* No somos nada pero lo somos todo y no hay más muerte que la propia. Muerto yo que se vaya la humanidad a la mierda, que es lo que en última instancia es: *stercus Terrae.*

Entré al crematorio bajo los flashes de la prensa envuelto en una cobijita roja de Avianca que conservé de un viaje en esta compañía desastrosa sin quitarle la etiqueta, yo que se la quitaba a todo, porque decía «Fatelares», la textilera donde la hicieron y de la que mi padre había sido gerente en mi niñez. Amaba yo esa cobijita como un niño improntado por la suya, era un sentimental. Mi testamento consta de una cláusula única: «Me cremarán envuelto en la cobija roja de Fatelares que dejo sobre mi cama». *Fiat voluntas tua Domine* contestó en latín mi hermana Gloria la políglota, que hablaba tagalo, indonesio, nepalí, batracio, y un centenar de lenguas orientales y occidentales en las que se expresaba con originalidad y gracia evitando el lugar común, las frases hechas, imitadas, contagiadas, manidas, gastadas, trilladas, que forman el núcleo del pensamiento humano y que hinchan el caudal de los diccionarios de todos los idiomas, depósitos de viento. Y aunque Gloria no dominaba la lengua de Cicerón y César al grado de poder escribirla, envolvía en su tenedor diestramente el latín macarrónico, el barato, el jurídico, el de la Iglesia pero que el papa Francisco ni chapurrea. Este pampeano no está preparado ni para cura de pueblo. Ni de Abriaquí, Antioquia. Ni de Cañasgordas.

La última Constitución de Colombia dispone que no se puede cremar al que muere en un hecho de sangre y que hay que enterrarlo. Pues con una mínima coima me cremaron y olímpicamente se limpiaron el culo con ese cadernucho embaucador promulgado por la sabandija Gaviria, otro Porky, y que salió a la luz con 180 erratas.

El diciembre pasado (en que como año por año vuelve a nacer el Niño Dios, plaga eterna universal) el profesor Vélez no alcanzó a comer natilla con buñuelos, ni a ver globos volando, ni a oír pólvora tronando, ni villancicos alegrando. Lo tuvieron que desconectar antes porque ya se estaba cagando muy seguido en los pantalones, punto en que, digo yo, con la venia de ustedes, llegó la hora de desconectar al viviente. Años atrás, en sus tiempos de polemista feroz, sostenía que el fin de la física no era entender sino medir. Si así fuera, Vélez, entonces Argemiro Equis, mi benefactor que cuando yo vivía me regalaba venezolanos y bizcochos de novia, fue físico insigne pues se pasó la vida con una cinta métrica midiendo falos. O sea vergas, Vélez, el Tiempo no se deja agarrar, se va llevándose tras de sí al Espacio como un trapo cagado arrastrado por un basuquero loco.

También los payasos del Big Bang y los del ciclotrón de Ginebra se la pasan midiendo. Midiendo las chispitas que sueltan las partículas subatómicas que hacen chocar unas con otras lanzándolas a velocidades superlumínicas por un supertubo kilométrico que da la vuelta sobre sí mismo repitiéndose, como dicen que se repite el autor de *La conjura contra Porky*. Luego garrapatean ecuaciones e inventan conceptos abstrusos por los que les pagan sueldazos, pero sin lograr apresar nunca nada, dejando escapar la esencia de las cosas, la inasible realidad. Axioma Cósmico Número 1: «Solo existe lo que existe, por fuera de lo cual no hay Nada». La cual Nada tiene nombre mas no entidad física. Como Dios, que también lo escriben con mayúscula pero al que le falta contexto bariónica. No existe, no da ni para minúscula. Es el hijo preferido de la Nada y el *modus vivendi* de los curas. Me fluyen los latinismos porque estudié en el Seminario Mayor de Medellín, y son incontables los vicios que agarré en ese semillero de maricas. Me querían hacer cura para que subiera a obispo, de obispo a arzobispo, de arzobispo a cardenal y de cardenal a papa. Me negué. No nací para tan poca cosa. Papa es cualquier pelotudo, cualquier Bergoglio. Lo que quería ser y fui, y en este instante soy, es santo. Un bienaventurado que goza de Dios allá arriba, y con infinidad de devotos aquí abajo que le rezan y le piden, que es para lo que rezan los que creen. Son pedigüeños natos.

—San Fer —me implora una de mis devotas—. Mi marido la tiene como el dedo chiquito de un pie. ¿Se la podrías hacer crecer un poquito? ¿O un muchito?

—¿Me has rezado mi novena, hija? —le pregunto.

—Veinte veces —me contesta.

—¿Con fe? —le pregunto.

—Con mucha fe —me contesta.

—Listo el pollo —le contesto—. Toma un taxi, vuelve a casa, corre a tu cuarto, abre la puerta, entra y te encontrarás en tu cama esperándote tu buen tronco de árbol enhiesto.

Soy el átomo primigenio del Big Bang, en mí concentro toda la materia, tanto la oscura como la bariónica. Mi energía equivale a la de trillones de cuatrillones de Soles y mi densidad es tal que encierra, comprimido en la punta de un alfiler, el Infinito, tanto en su versión de Tiempo como en su versión de Espacio. Hoy vivimos una pandemia de mayusculitis sin que la perciba miembro alguno de esta especie cuyos machos tienen debajo de un nudo sucio y feo que llaman «ombligo» (la desembocadura de un tubo por el que en la oscuridad claustral y húmeda se conectaban a sus madres antes del alumbramiento para chupar de ellas la humana esencia), tienen, digo, unas tripas colgantes que llaman «penes» y que por el instinto de la lujuria, fuerza ciega de la vida y pecado capital, se inflan cual una torta de harina con pasas. Pues mi querido Vélez, al henchirse la torta por el calor del horno y la levadura, las pasas se van separando unas de otras, aunque conservando siempre sus distancias relativas, mas no las absolutas. Las pasas son las galaxias. El espacio es un tira y afloje. Cuando tira es por su esencia gravitatoria, y cuando afloja es por su esencia expansiva. He ahí la expansión cósmica y por qué lo que en un principio estaba concentrado en la punta bigbanguiana de un alfiler se despitorrea y las galaxias se empiezan a separar, a separar, a alejarse unas de otras a velocidades endemoniadas y crecientes, lumínicas primero, luego superlumínicas, apostando carreras con la luz, que dejan atrás porque la lentorra va a paso de tortuga, y diciéndose unas a otras adiós para siempre pues nunca más se volverán a ver en la inmensidad del Cosmos. «¡Ciao, chicas! ¡Que Dios las bendiga!»

Que de dónde saqué eso. Que si de los textos divulgativos de ciencia de la Editorial Salvat de donde él bebe y se alimenta.

—De ahí no, Vélez —le explico al sabio—. De mis simulaciones cibernéticas, que hago en mi supercomputadora. Yo la alimento con datos, y ella a mí con resultados.

Tengo cierto escrúpulo idiomático frente a la mayusculitis, que me contagió el alemán, lengua de bárbaros que cristianizó Lutero, gracias al cual la criminal Iglesia de Roma se dividió en dos y por eso estoy yo en este instante hablándoles, que si no, ¡cuánto hace que me habrían quemado en las hogueras de la Santa Inquisición! Cuatro mil quinientas veces por las cuatro mil quinientas blasfemias que he proferido, renovándome siempre en el sublime arte de la blasfemia, el máximo, y dejándole a la posteridad una obra de más aliento teológico que la *Summa* de Tomás de Aquino, el teólogo más sesudo de la cristiandad antes de que llegara a desbancarlo el santo de Antioquia, el que hace milagros hasta multiplicando por cero.

Tampoco los Porkys de Colombia se animaron a matarme. Con mandar, nombrar, cobrar sus retribuciones y remuneraciones, gratificaciones y salarios, coimas y supercoimas, y salir en la televisión noche a noche verborreando están contentos. No sé cuánto se robaron en los contratos de los tests y las vacunas de la pandemia de miedo que azotó a Colombia (miedo a nada), pero de la que el país salió presuntamente vacunado, aunque realmente expoliado. ¿Se robarían el 10 por ciento? ¿O el 20? ¿Ustedes qué opinan? ¿Cuánto le calculan?

En fin, resumiendo: los Porkys existen mientras los ven. Luego vienen otros Porkys a reemplazarlos y se va perpetuando la porqueriza. Los años que me queden (mientras viva Brusca, cuando me iré a la catedral con Cuco y los amplificadores a lo que saben) se los dedicaré a mi obra sobre la vil Historia de Colombia, que ya empecé y que pienso intitular *El relevo de los Porkys* (pero no es título definitivo, este lo decidiré en su momento). ¡Cuántos de estos malhechores no han sentado sus puercos culos en la *chaise percée* o inodoro presidencial del Palacio de Nariño que pomposamente llaman «el solio de Bolívar»! Si no hubieran venido los de la conjura a buscarme... Pero vinieron. ¿A qué? A proponer. ¿A quién? A mí. ¿Y qué le querían proponer al tal «mí»? No sé. Él sabe. Lo que yo sí sé es que estaba hablando de Lutero. Del que partió por la mitad la criminal Iglesia de Roma y que se casó con una monja que le dio seis retoñitos, seis Luteritos inútiles. Con un solo Lutero bastó para que hubiera habido luego una Independencia de los Estados Unidos y una Revolución Francesa, que nos han dado la Paz Mundial y la Liberación del Hombre. Dicen.

El papa que excomulgó a Lutero, Giovanni de Medici, reinó pocos años ¡pero qué bien los pasó! Feliz de la vida, rodeado de arte y muchachones, incienso y mirra, pompa y circunstancia, como su predecesor Giuliano della Rovere, otro devoto del sexo fuerte y connotada figura del Papado Maricón. Giovanni, papudo y gordinflón, se hacía llamar León X (¡un león marica!), y con sutil quiebre pontificio movía y movía las manos al hablar como buen italiano, muy dados a la gesticulación parlante. Pero no sé por qué italianizo si hoy todo el mundo gesticula: toman la palabra y arranca la veleta. Yo no. Soy excepción. Cuando me dan la palabra (sin yo pedirla) cruzo los brazos y mirando en el vacío, sin mover manos, arranco a decir verdades que todos oyen, sí, y respetuosamente, pero como cuando las respetuosas paredes oyen. Les digo que los animales son nuestro prójimo y que los mataderos y las carnicerías son monstruosidades desalmadas y perversas y lo aceptan. Pero de mi conferencia salen a comérselos en los restaurantes de afuera. La verdad no les entra, no les cala, nacieron cerrados del caletre como si fueran españoles de España, que nacen con sangre envenenada. Después de tratar de lo principal, o sea de mis hermanos los animales, paso a explicar por qué la poesía, la novela, el cine y la música son antiguallas de tiempos idos, cadáveres putrefactos de falsas bellezas con las que se engañaban los de antaño. Que el único arte vivo y verdadero, digno de la hora actual, la de nuestro común final, es la Mentira. Que también va con mayúscula. Y les pregunto a los Velezsabios:

—¿Cuando un rayo de luz pasa junto a un agujero negro se curva? ¿O el agujero negro se lo traga recto?

—Sí —contestan.

—¿Sí qué? ¿Se curva, o no se curva? ¿Se lo traga, o no se lo traga? Y si se lo traga, ¿se lo traga recto, o se lo traga curvado?

—Digamos que curvado.

—«Digamos» no me sirve. Contesten sí o no.

—Sí o no.

Ahí tienen retratados a los Velezsabios. No entienden nada de nada pero hablan de todo.

—Pues les diré, Velezsabios, que salvo en los resplandores de madera con capa de oro que aureolan a los santos de las iglesias, el rayo de luz no existe pues un rayo es recto y según la teoría ondulatoria de la luz, la luz son ondas, y una onda es curva. Una onda recta es un contrasentido: sería un palo derecho y tieso pero curvado.

—Los rayos de luz son curvirrectos. Y el Universo entero cabe en una sola fórmula matemática —me responde Vélez veloz, a lo criadita mexicana.

—¿Y cuál sería esa fórmula mágica, si se puede saber?

—Energía igual a masa multiplicada por la velocidad de la luz al cuadrado —me contesta el prosélito de Einstein, el lambeculos de muertos.

—¡Qué mariconada la tuya, eres un lacayo del payaso relativizador! Eso que dijiste no es una fórmula, es una definición. Y tú puedes definir lo que quieras postular, aunque no exista. Y sumando, restando, multiplicando o dividiendo lo que quieras por lo que quieras darle a continuación a tu engendro un nombre: Teoría Especial (o General) de la Relatividad. Einstein es el más grande tramposo que haya parido esta especie bípeda y pedorra. Más que Cristo. La velocidad de su fórmula la podríamos elevar también a la décima potencia, o a la millonésima, y el resultado seguiría siendo el mismo: nada de nada, mierda de mierda.

Tutto è cosa mentale, Vélez. Podemos, por ejemplo, pensar el Tiempo en tetratrillones de años; o en el otro extremo, en trillonésimas de segundo. El tiempo tetratrillonario lo miden los astrónomos en años luz con su escalera de distancias cósmicas, subiendo de peldaño en peldaño, y midiendo el Tiempo con el Espacio y el Espacio con el Tiempo. Como la Real Academia Española de la Lengua, que en su diccionario define *vivir* como «tener vida»; *vida,* como «hecho de estar vivo»; y *vivo,* como «que tiene vida». Señorías de la RAE: ¿Yo estoy vivo? ¿O estoy muerto? Pero sigamos, pasemos del tiempo tetratrillonario al infinitesimal, que los que se llaman a sí mismos, pomposamente, «físicos cuánticos» miden con relojes de cesio. ¿Y con qué, pregunto, calibran sus relojes de cesio si no es con otros relojes de cesio, o de lo que sea?

—Se pone el reloj de prueba en una cacerola y los ya calibrados en otras, hasta que se calienten y palpiten todos al unísono —me contesta un Velezsabio joven, discípulo del fallecido maestro, que dejó descendencia espiritual y fisiológica.

—¿Y cómo saben que el conjunto de sus relojes, el de prueba y los comprobadores, palpitan al unísono? —le argumento—. Para comparar, así no fuera sino solo dos míseros relojes de esos con que ustedes dicen que miden trillonésimas de segundo, se tardarían varios segundos pasando del uno al otro, y nadie puede mover la cabeza de un lado al otro a velocidades lumínicas porque se le desprenden las frágiles retinas de los perecederos ojos. O se desnuca.

—Con el rabillo de un ojo miro una cacerola y con el del otro la otra —me responde el Velezsabio.

—Aaaaaahhhhh, por fin entendí. Así me queda perfectamente explicada la calibración de relojes —le contesto admirado de la precocidad del muchacho.

Lástima que sea más bien feíto y de gafas, que si no... ¡Me casaría con él en la Basílica Metropolitana! Pero por supuesto que tiene toda la razón. Y Einstein. Y la mesera mexicana que cuando le recriminé que en un restaurante tan popular y concurrido como en el que ella trabajaba no tuvieran chiles habaneros me contestó: «De lo que hay hay, y de lo que no hay no hay». ¡Cómo no va a tener Einstein la razón! Y Darwin, el monosabio.

Yo cuantifico la estafa: la computo en «aquinos», medida volumétrica de la mentira que me saqué de la manga. Denle una ojeadita a mi *Manualito de imposturología física* a ver si salió o no el conejo de donde acabo de decir.

En cuanto al tiempo tetratrillonario, el astronómico, dijo El de Arriba en el Génesis: *¡Fiat lux!* Vea pues... Hablando esta criatura hebreo, ¡pero en latín! Y chasqueó el dedo medio contra el pulgar como cuando un ama de casa mexicana le dice a su criada respondona y alzada: «¡Te me vas!» El español, idioma rico si hay, tiene interjecciones mudas dactilares.

«Llueven bombas rusas sobre las embarazadas de Ucrania», clama nuestro gran periódico, *El Colombiano* de Medellín. Por mí que sigan lloviendo sobre las de Ucrania ¡y las de todo el planeta! Paren sin parar. ¿Para qué se hacen empanzurrar, depravadas? ¿Para seguir propagando la horda cagona y perpetuando el horror? ¿No ven que ya no cabemos? ¿No ven que la vida es muerte y el humano una bestia excretora de dos patas y dos rodillas que le sirven para arrodillarse ante los tiranos? ¡A matar a Raúl Castro, cubanos! ¡Pum! Y punto. Carcelero al hoyo.

Oigo ruidos. Por un lado, por el otro, por el otro, gritando, martillando, taladrando, serruchando, perforando, trepanando, hijueputiando, por donde yo vaya y donde me encuentre. No quedan islas desiertas ni desiertos donde meterme. Todo lo tienen poblado. Ruido y atropello por doquier. Esto de día. Y de noche, cuando me acuesto soñando con dormir, me empieza a hablar el Silencio en los patios de mi Casablanca y a decirme: «Shhhhhh... Shhhhhh... Shhhhhh...» Que me calle, que me calle, que me calle. «No y no y no». Que se calle él y me deje dormir.

Con él no se puede. Todo se nos vuelve un diálogo de sordos. Me habla y me habla y me habla. ¿Será la conciencia que me remuerde? ¿Habré matado acaso a un cura? ¿A un vecino estorboso? ¿A un pastor protestante? No lo creo, pero podría ser. Que consulte a un otorrinolaringólogo me aconseja mi amigo Argemiro Equis, que dice que puede ser el oído o la puta vejez.

—Viejos los cerros —le respondo.

—¿Los perros? —me pregunta sin entender.

¡Claro que Argemiro está sordo! Por eso pronuncia con tanta fluidez «otorrinolaringólogo». Se deleita con su mal, consultando «otorrinolaringólogos». Que se contente con la palabrita porque esta gente no le va a resolver nada, solo saben cobrar. Son sinvergüenzas, galenos.

—Doctor —le pregunto a un galeno—, tengo 90 años. ¿Me puedo considerar un anciano?

—¿Anciano usted? ¿Con ese corazón que tiene, de veinte años? —me contesta preguntando—. A la entrada del consultorio le paga a la señorita.

—¿A cuál señorita, doctor? De esas ya no quedan. Son más escasas que las guayabas rojas.

—A la que vea vestida de blanco, mi secretaria-enfermera.

Pago y me voy tranquilo. Tiene razón el doctor, tengo el corazón puesto en una chica de veinte años. Porque no soy pederasta, ¿eh? Ni gay. Siempre he andado por esta acera. Nunca me dio por pasarme a la otra.

No oigo nada, no veo nada, no entiendo nada, no acepto nada, no quiero a nadie salvo a los animales y ni se diga a mi ángel Brusca, el ser más hermoso de la creación. Duerme a mi lado y adonde voy me acompaña. Tiene cama aparte pero en la noche, calladamente, se pasa a la mía a endulzarme los malos sueños con la palpitación de su alma y el latido de su corazón. Por la mañana, mientras adelanto mi novela *La conjura contra Porky,* la encontrarán, si vienen a verme, acostada, desconectada del mundo en su cama, suya propia, situada a metro y medio, si acaso, de mi escritorio. Y como suelo ir leyendo a media voz lo que escribo (viendo a ver si me suena o no me suena), cuando ella oye que pronuncio «Brusca» para las orejas y escucha. Sabe que le estoy diciendo al Universo Mundo que la amo.

Otra forma mía de percibir el Tiempo, sin metafísicas ni cosmologías de filósofos impostores, es ir contándolo día a día por las cuentas que me llegan y que tengo que pagar: una el primero del mes, otra el 2, otra el 3, otra el 4, cinco el 5, diez el 6, veinte el 7... Y por los daños. Hoy se me fundió un foco, mañana se me daña la regadera del baño, pasado mañana el computador... Y pague y arregle, y pague y arregle, y pague y arregle. Porky es un asqueroso. La gran desgracia de Colombia es él. O mejor dicho ellos, los Porkys: Porky Gaviria, Porky Samper, Porky Pastrana, Porky Uribe, Porky Santos, Porky Porky, vivos estos, y muertos los que los precedieron y que ya no cobran pensión pagada por el Erario Público pero la siguen cobrando sus descendientes. *Delenda est Porky.* ¿Con drones? Con drones o con lo que sea, los doce apóstoles borraremos de la faz de la tierra el Palacio de Nariño con su inquilino Porky dejándolo a ras.

Y convoqué a los apóstoles para plantearles mi propuesta de los drones. ¿Y quién nos los iba a conseguir? Que Kalmanovich, me contestaron. «¿Y quién es él?» les pregunté. Que un rabino sin sinagoga. Que la había dejado para dedicarse de lleno al tráfico internacional de armamentos: «David Salomón Kalmanovich, de Mierdostock, Ucrania. Los drones se los provee el Mosad de Israel. Como también él es de los de pipí cortado... Confían plenamente en él y le alcahuetean todo». «Adelante, entonces, con mi proyecto», les dije. Aprobación unánime, a mano alzada.

Paso a Alzheimer y a otro de sus pacientes, el autor de la gran síntesis humanístico-cósmica *Del Big Bang al Homo sapiens,* el todólogo Vélez, conocido mío de algunos ríspidos encuentros. En sus últimos años lo atendió Alois, el mismo médico mío, el que me atiende ahora, en estos instantes mismos y al que le estoy contando estas cosas. Te decía, Alois, que a tu paciente Vélez la Muerte le cantó su RIP: *«Requiesce in pace magister Veletie»,* le dijo en latín eclesiástico, y corrí a anotarlo en mi *Libreta de los muertos.* A los muertos nos consuela que nos recuerden los vivos porque seguimos vivos en ellos, pero cuando los recordadores a su vez se mueren se llevan a la tumba con sus huesos el recuerdo de uno. A Dios esto le quedó mal hecho. Dios está Loco. El día que le dio por la «Creación», como la llaman, fue porque había perdido el juicio. El Viejo ya no estaba en sus cabales y sin decir agua va le entró la maldad senil.

Segundo Axioma Cósmico: No podemos concebir el Tiempo sin el Espacio ni el Espacio sin el Tiempo. Son un matrimonio indisoluble, están enroscados como tornillo en tuerca, como marido y mujer. Lo que sí no existe es el espaciotiempo del marihuano Einstein. El Espacio y el Tiempo son entidades diferentes, separadas. Cuando medimos el Espacio en años luz, que es medida de Tiempo pues lo que anuncia, «años», es un lapso de Tiempo (trescientos sesenta y cinco días y piquito), lo hacemos por extravagancias del idioma, o por sus limitaciones, al no tener este palabras para decir muchas cosas, y entre estas muchas cosas las inentendibles. Punto y seguido, señorita, y despiértese, ¿o es que no durmió bien anoche? ¿No se la cogieron en forma? Sigamos. Sigo dictando. Por el Palacio de Nariño van entrando y van saliendo hideputas. Y de hideputa en hideputa va transcurriendo *El relevo de los Porkys. La vil Historia de Colombia,* que es como pienso titular el libro, con título y subtítulo como hacen los gringos. Y así, de vuelta en vuelta, aquí iremos desmadejando la madeja (si Dios quiere). Y me pone, señorita, «Historia de Colombia» en cursivas. No va en letra normal, no va en redondas, ¿me entendió? ¿O sigue confusa?

Finalmente levantaron mi cadáver. No me podían dejar pudriéndome en la catedral. De ahí me llevaron al crematorio violando la Constitución como quería, envuelto en la cobijita roja que quería, y me echaron encima el chorro de

47

fuego que quería. Morí libre como viví, sumiso siempre a mi tiránica voluntad y atento a sus exigencias y necesidades.

La historia de mi participación en la conjura contra Porky es muy simple: los complotados vinieron a buscarme a mi casa para completar los doce apóstoles pues habían expulsado del combo a Judas Iscariote el día en que este calvo les robó un dron para matar a un fulano. ¿Mejor remplazo quién? Pues su servidor, el que les habla, un caballero de honor. Vinieron entonces a reclutarme y a sustituir conmigo al marica que besuqueó a Cristo.

—Ni soy marica, ni soy traidor —les dije a los complotados.

—Nunca tales cosas pensamos —contestaron.

—Soy antinatalista, que es distinto —les dije.

—Así lo entendemos —dijeron.

—Aaaaahhhh... Entonces empecemos a hablar.

Y empezamos a hablar. Y hablamos y hablamos dos horas, tres horas, cuatro horas y no pudimos seguir porque nos interrumpió un aguacero. Pero vamos por partes. Démosle comienzo a la obra por el principio.

Los instalé en el corredor del patio delantero y les serví carajillos de Armagnac (cosecha de 1908) y café colombiano de mi finca La Cascada. Los emborraché, se emborracharon. Uno a uno fueron soltando la lengua enfervorizados por la espiritosa combinación de licores y sabores. Que no resistían un presidente más. Que íbamos a acabar con la clase política colombiana en bloque. Con la porqueriza.

—Vamos a acabar con la porqueriza —dijeron, palabras textuales.

—¿Vamos? Vamos somos muchos —les dije—. Conmigo no cuenten. No pienso matar a nadie. Solo castigar al culpable. Castigar con una buena paliza en las nalgas y la confiscación de sus bienes a cuantos Porkys haya y resulten:

casas, carros, fincas, putas, lo que tengan, lo que sea, de lo que disfruten. Y a sus mujeres e hijos sacarlos de sus casas a la calle con sus enseres y ponerlos a dormir a la intemperie y a cagar en despoblado.

—Eso me gusta —dijo Pedro Castro.

—¡Qué bueno que te guste, Pedro! —le respondí, tratándolo de tú para romper el hielo—. La muerte no es castigo para nadie, es bendición. ¡Cómo los vamos a matar, si el que muere descansa!

—Frase magnífica, Fer, ¡tenés toda la razón! —me dijo Tomás Restrepo «El Mellizo» tratándome de vos, que es como hablaban antes en Antioquia la inculta, que recientemente se pasó al tú caribeño porque además de inculta es puta y traidora.

—Si los dejamos vivos compran a los guardianes de la cárcel, compran al alcalde, compran la cárcel. Y salen como Pedro por su casa a seguir haciendo de las suyas por el vasto territorio de Colombia —dijo Santiago Echeverri llamado «Santiago el Mayor» y continuó—: ¿No ven que son sobornadores natos? Conciencia que se les atraviesa, conciencia que compran.

—Conmigo los Porkys se jodieron —respondí—. Pero vamos por partes, voy a explicarles con detalle mi plan.

En esas estábamos, en pormenores, cuando se soltó tremendo aguacero. ¡Eh ave María por Dios, qué tempestad, qué chubasco! ¡Nunca había visto yo cosa igual! Los desagües de mis dos patios no se daban abasto para evacuar semejantes arroyos encrespados.

En una pausa del meteoro los complotados aprovecharon para irse pisando charcos. Los fui despidiendo uno a uno en mi portón. Iban saliendo de mi casa abriendo sus negros paraguas, mientras de sus carros venían sus guardaespaldas de gafas oscuras ahumadas y sus adláteres a auxiliarlos con solicitud lacayuna: «Apóyese en mí, doctor», les decían, y les sostenían los paraguas para que los próceres no se fueran a resbalar y a caer. A Pedro Castro el viento lluvioso le tumbó el sombrero negro. Y Santiago Echeverri por poco se va de bruces contra uno de los muritos de mi antejardín. Donde caiga y se dé en la cabeza se mata. Tomás Restrepo «El Mellizo» y Mateo Ceballos salieron ayudándose el uno al otro para no caer. Después fueron saliendo Simón González, Andrés Castro (el hermano de Pedro), Santiago Echeverri (llamado Santiago el Mayor) y el otro Santiago, Santiago Montoya (llamado Santiago el Menor), etcétera, etcétera, todos iban saliendo. Y todos de más de 70. Dos de ellos incluso mayores que yo. ¡Qué viejerío por Dios! Colombia iba a salir de la cleptocracia para caer en la gerontocracia.

Antes de que se me olvide. Lo de la porqueriza no me gustó. Los puercos o cerdos o marranos son mis hermanos, los amo. Son animalitos inocentes. Y muy inteligentes. Y limpios. Lo que pasa es que si los encierran sin dejarlos salir, pues es como si encerraran a los cardenales del cónclave en la Capilla Sixtina sin poder ir a los inodoros. ¡Cómo quedaría la inmortal capilla! Rebosando de mierda hasta el techo, que pintó Miguel Ángel. Pintó a Dios y a Adán: Dios, un viejo barbiblanco y dudoso; y Adán, un joven hermoso en pelota. Los puso estirados tocándose con los índices de sus opuestas manitas, forma muy delicada de retratar a los dos novios. ¡Cómo no iba a ser el Buonarroti gay! De los mismos gustos que el da Vinci, Leonardo. Refinadísimos ambos. ¡Las bellezas que se habrán echado! ¡No haber vivido yo en el Renacimiento para haberme zampado mi buen sancocho de plátano y yuca!

«Ciao, muchachos, cuídense», les grité a los conjurados en medio del chaparrón dándoles una miradita a sus negros carros mientras los lacayos les abrían las portezuelas y los señores subían: oscuros choferes, también de gafas negras, fuliginosas, como las de los guardaespaldas y los adláteres, los conducían. Ruuuuun... Ruuuuun... Ruuuuun... Iban arrancando los apostólicos coches como impulsados por cohetes nucleares rabiosos. Me entré y cerré el portón.

Una hora, dos horas, tres horas, cuatro horas me había pasado con mis flamantes cómplices en las que dijimos hasta misa. Parecíamos unas loras gárrulas emborrachadas con vino de consagrar. ¡Qué iba a ser vino de consagrar lo que les di, si en Antioquia hacen ese vino con naranjas por falta de uvas y les resultan unos jarabes empalagosos! ¡Con Armagnac de 1908, el más fino, los emborraché! Tomaron y tomaron hasta que el aguacero dijo basta. ¿Ya lo dije? ¿Ya lo conté? Entonces paso a otra cosa, no antioqueña sino cósmica.

Noticia del pasquín *El Colombiano,* que se ha vuelto un periódico de sangre: «Choque frontal de dos galaxias. La NGC 2444 le está dando una paliza a su hermana la NGC 2445 porque se dio cuenta de que durante eones le ha estado robando gas. Sabrá Dios qué va a resultar del encontronazo. Se encienden las apuestas en Londres». Mis amigos de Medellín y el mundo son pocos, los cuento con los dedos de una mano más un dedo de la otra: un suizo. El suizo es galactófilo y me mantiene enterado de los chismes estelares. Con los otros no hablo sino de política local, conversaciones cocineras. Voy a llamar entonces por WhatsApp a Hans a ver qué me dice de la reyerta de las galaxias. Me encantaría que se formaran dos bandos, como Rusia contra los Estados Unidos, y se armara una tremebunda galactomaquia universal.

Mujer embarazada, bestia mala. Y en adelante la que para que desocupe, que no hay dónde ubicar a tanto retoño excretor. Somos demasiados en el planeta, las reglas del juego han cambiado. El espacio es finito, por más cósmico que sea, y la Tierra estrecha, las tenemos que matar. No sé qué puedan pensar los Apóstoles cuando les plantee el tema en nuestro próximo encuentro, en el que abordaremos nuestro plan general de gobierno. Con los Porkys nunca pudimos contar. Por hipocresía electoral y por el maldito cálculo egoísta de que habló Marx, los Porkys son papales, pariderófilos, y nacieron de las vaginas de sus madres para mendigar firmas y votos. No-más-Porkys, No-más-Porkys, No-más-Porkys... ¡Viva Colombia! ¡Mueran los Porkys y los matarifes y los carniceros y los curas y las embarazadas que haya y que pueda haber!

Nuestra interpretación del cielo actual, que vemos con los telescopios situados en tierra o girando en órbita, pretende que estamos viendo desde nuestro efímero presente hacia el insondable pasado de trece mil ochocientos millones de años, que sigue ante nuestra vista, sin desaparecer, eternizándose. Y es que la Luna que vemos en este instante, por ejemplo, es la de hace un segundo, lo que se gastó su luz en llegar hasta nosotros recorriendo trescientos mil kilómetros, que son los que nos separan de ella y que, por capricho de Dios, es la velocidad a que viaja en un segundo el espectro electromagnético, al que la luz pertenece. Y por si fuera poco, la gravedad curva al Espacio y el Tiempo se dilata. Nada de eso. Ni el Espacio se curva, ni el Tiempo se dilata, ni existe el espaciotiempo del payaso Einstein, ni hay que creerle a la luz porque este vaho del Espíritu Santo por esencia es engañoso.

—¿Entonces qué existe según usted? ¿Cuál es su fórmula? —pregunta el pelotudo Vélez.

—E=T

—¿Y cómo se lee eso?

—E igual a Te, así se lee mi ecuación.

—¿Y qué quiere decir con ella?

—Quiero decir que el Espacio es igual al Tiempo.

Lo que pasa es que ambos son mentales, pero el uno está en nuestro hemisferio cerebral izquierdo y el otro en el derecho. Separados pues, como quien dice, por millones de billones de trillones de neuronas, cuyo ruido incesante es el que embrolla las cosas y no deja oír. El ruido interior, Vélez, enloquece al hombre y lo ensordece. Pero como todo lo malo tiene su lado bueno, cuando el viejo pierde la audición recobra la vista. En el viejo, el cristalino del ojo vuelve a estirarse y a contraerse como cuando era joven.

—El músculo ciliar del cristalino se estira o se contrae según uno mire hacia lejos, o hacia cerca —comenta Vélez para darme a entender que sabe de qué estoy hablando.

—Sí, pendejo.

Luz emitida no desaparece jamás. Si parte de esa luz choca contra algo, por ejemplo un mueble o la atmósfera terrestre o un cuerpo celeste, estos la absorben o la reflejan, pero el resto sigue su camino hacia la Nada llenando el Espacio infinito y vacío en todas las direcciones. Si a una línea de visión cualquiera de un telescopio enfocado a alguna región del cielo nocturno le hundimos el zoom hasta el tope, acabamos siempre en un cuerpo celeste. Y en otra línea en otro. Y en otra en otro y en otra en otro. Y dos líneas de visión contiguas nos pueden llevar a un cuerpo cercano la una y a uno lejano la otra, de suerte que un pedacito del cielo nocturno nos dice lo mismo que el cielo entero.

Así pues, la Luna que vemos en un instante dado de la noche es la que era hace un segundo, que es lo que se tardó su luz en llegarnos, y no la que tenemos enfrente en el telescopio o arriba en la bóveda estrellada sobre nuestras cabezas. Y el Sol que vemos de día es el que era hace 8 minutos y 19 segundos, que es lo que se tarda su luz en llegarnos. Y cuando vemos, de noche, en los telescopios, la estrella Próxima Centauri (que es la que tenemos más cerca después del Sol), esa es la que era hace 4 años y está a 4 años luz. Y la galaxia HD1, la más lejana en el momento en que escribo a un paso de irme a la catedral, es la de hace 13 500 millones de años y no sabemos si todavía existe o si se fundió con otras.

Esa HD1 que vemos hoy, de 13 500 millones de años de edad, ¿no habrá forma de verla como era hace 10 mil millones de años, digamos? ¿O como era hace 4 500 millones de años cuando se formaron el Sistema Solar y la Tierra? ¿O como era hace 65 millones de años cuando se extinguieron (en Yucatán, México, y en primavera) los dinosaurios? ¿O como era cuando nació Cristo hace 2 mil años? ¿O cuando en algún momento de su historia galáctica chocó con otra galaxia más grande que se la sumó, si es que esto ocurrió? Imposible. Tendríamos que buscar por toda la eternidad hacia atrás, en las infinitas líneas de visión que hay en el cielo, buscar la línea que nos lleve a lo que queremos ver en un determinado momento de su historia.

Si la Luna que vemos con los ojos o con el telescopio no es la real sino la de hace un segundo, y el Sol el de hace 8 minutos y 19 segundos, todo cuanto se ve por un telescopio es pasado: de hace un segundo, o de hace 12 mil millones de años o de los que quieran. El pasado y el presente son entonces simultáneos. También yo conmigo mismo.

El presente es inapresable, el pasado irremediable, el futuro un espejismo y el adverbio «aquí» engañoso. Cuando digo «Estoy aquí», en realidad estoy en muchas partes: en mi casa, en Medellín, en Colombia, en la Tierra, en la Vía Láctea y en este Universo o en cuantos pueda haber. ¡Cuál espaciotiempo, esas son marihuanadas einstenianas! Yo soy simultáneo. Todo mi pasado y mi actual instante presente en que escribo y mi cadáver futuro soy yo. Y quien reflexione sobre el tiempo y el espacio se empantana.

Mirar hacia atrás con los telescopios no es como hojear el álbum de fotos de la familia para verse uno retratado de recién nacido, de niño, de muchacho... ¡Qué más quisiera yo que verme con el Hubble o con el James Webb a los 10 años, con mi mochila de escolar camino al Colegio del Sufragio de los salesianos en el barrio de Boston de Medellín, Colombia! Y al llegar a la cárcel de mi niñez, correr a decirles a los esbirros de Juan Bosco, delante de todos los niños reunidos en el patio: «¡Nos están arruinando la infancia, curas hijueputas!»

Los impostores de la física y las matemáticas y sus divulgadores y lacayos, los Velezsabios, que son legión, entienden por «luz» la que vemos con los ojos más la que no vemos pero que por todas partes está, y que llaman «rayos»: los rayos ultravioleta, los rayos X, los rayos gamma, los rayos infrarrojos y las ondas de radio, que aunque llaman ondas también son rayos. ¡O todas las radiaciones electromagnéticas son ondas, o todas son rayos! ¡Pónganse de acuerdo en el vocabulario que usan, confundidores!

Cada cuerpo estelar en que termina una línea de visión tapa su pasado y sus transformaciones, tal como el niño desaparece en el joven y el joven en el viejo, pero con la circunstancia de que en los cuerpos celestes además puede haber fusiones, como cuando una galaxia se traga a otra. Entre tantos billones de líneas de visión alguna, una sola, tendría que acabar en la galaxia HD1 como era hace diez mil millones de años, o en la misma galaxia de hace mil millones de años, o en la de hace cien años, etcétera. Esas líneas de visión de la HD1 no las encontrarán nunca los astrónomos. Confórmense con la línea de visión que los llevó a verla por casualidad a 13 500 millones de años hace unos días, que se están haciendo meses, que se están haciendo años. Todo pasa. Y ni se diga este libro efímero, como habrá sido la vida de Porky Porky cuando te lluevan, desventurado, sobre tu Palacio de Nariño nuestros drones.

¿Han oído a un astrónomo, o a un físico, o a un astrofísico, o a un cosmólogo, que invoque hoy el nombre de Dios? Ni lo mencionan. Lo han ido borrando poco a poco, como borrarán los biólogos a Darwin y su Selección Natural, una explicación que no explica nada si bien la deshonestidad universitaria la confunde con la Teoría de la Evolución. No señores. La Evolución, para empezar, no es una teoría, es una realidad. Solo la puerca Biblia puede negar lo que nos dicen los ojos, que estamos emparentados con todos los animales, por ejemplo con las ratas: como ellas tenemos dos ojos, dos fosas nasales, un sistema circulatorio, un sistema digestivo, un sistema inmunitario, sangre, hígado, corazón, pulmones y sobre todo un cerebro con el que sentimos, ellas y nosotros, el miedo, la sed, el hambre, el dolor y la proximidad de la Muerte. Pues su dolor lo hago mío. Mis hermanas las ratas son unos seres desventurados como yo. O más que yo. Frente a los temas de Dios y Darwin las eminencias doctoradas se hacen los desentendidos, no vaya a ser que les quiten sus becas y financiaciones y los despidan de las universidades, centros mundiales de difusión de la ignorancia y el engaño. Profesor universitario vale por burócrata estatal: se aferran a las tetas de la ubre de la vaca como terneros y no la sueltan. Las vacas de las universitarias ubres aparecieron algo después del 1200. En 1256 Tomás de Aquino enseñaba teología, la ciencia suma de su tiempo, en la Universidad de París. El *Aquino,* que en mi *Manualito de imposturología física* he propuesto como unidad de la impostura, lo he llamado así para honrar el nombre de este gordo mofletudo. Hoy propondría el *einstenio*. Mejor no, es una medida excesivamente grande. La impostura que cabe en un einstenio es de 93 mil millones de Aquinos, el tamaño del Universo, o sea unos 900 mil millones de Vías Lácteas puestas en línea recta.

Dije que la galaxia más lejana que hayamos visto al día de hoy es la HD1. Mañana, con otra línea de visión de las infinitas que podemos elegir al azar en los telescopios, tropezaremos con otra más lejana y por lo tanto más antigua y próxima a lo que llaman el Big Bang, que es cuando en la oscuridad total, a tontas y a locas, dando palos de ciego, Dios dijo *Fiat lux*.

Le pregunté a Einstein si se podía establecer la simultaneidad entre la HD1 y nosotros. Y me contestó enmarihuanado:

—¡Claro que sí!

—¿Y cómo? —le pregunté con la humildad que me caracteriza.

—Con dos relojes: uno aquí en tierra y el otro donde vos decís, pero sincronizados.

—¿Y cómo los sincronizo?

—Con la luz. Les mandás un chorro de luz y de allá te lo devuelven con un espejo.

—Dudo de que la luz sirva para distancias tan monstruosas —le argumenté—. La luz viaja muy lento, a paso de tortuga. A míseros 300 mil kilómetros por segundo.

—En caso de necesidad, como es el tuyo, la luz no necesita viajar: llega instantáneamente sin moverse.

Y entonces soltó esta frase digna de recordación: «Todo es simultáneo en el Cosmos». ¡Este hombre sí es lo más verraco que ha parido la Evolución en sus tres mil quinientos millones de años de intentos y fracasos!

Vuelvo a Alois Alzheimer, el médico que solo tuvo un único paciente, Auguste Deter, una mujer de 53 años totalmente desmemoriada y a la que vio una sola vez, cuando la interrogó para escribir su historia clínica. A esta paciente única le debe su fama porque cuando ella murió, años después de la entrevista, Alzheimer le sacó el cerebro, lo tiñó con yodo o tinta china o algo así, y vio aquí y allá unas manchitas: eran las manchitas del olvido, que son las que tengo yo también, regadas por toda la cabeza.

«¿Dónde está usted ahora?», le preguntó Alois a Auguste en el interrogatorio. Y ella le contestó: «Aquí y ahora, no me culpe». Lo mismo les digo yo: Aquí y ahora. Mi «aquí» es todo el Universo, y mi «ahora» la Eternidad entera que lo baña. No me culpen.

¿Qué les decía de esa cosa puerca de Porky que el cura Uribe nos montó en el solio de los bellacos y que tenemos gobernando por decreto y gesticulando por televisión, abusando día a día de la pobre Colombia, la indefensa, acometida por una idiocia mongoloide que le contagió España y que se caracteriza por tres cromosomas 21 en vez de dos? Cuando puedan me repiten mi pregunta porque perdí la ilación del pensamiento, el hilo del discurso, la aguja con que coso. A preguntas largas respuestas olvidadizas.

Las manchas que vio Alois con su tinción en el cerebro de Auguste Deter equivalen a las irregularidades que ven los astrofísicos y los cosmólogos en el Fondo Cósmico de Microondas, que está por todas partes y en el que caliento las *baguettes* que me mandan para el desayuno mis amigos de París. Pues la topología de mi cerebro tampoco anda bien. No es lisa, no es pareja, no es homogénea, no es isotrópica, tiene demasiadas anisotropías o inhomogeneidades. España tiene la culpa por cruzarse con indios y negros y cuanto engendro produjo la «raza cósmica» de que habló Vasconcelos, que era como Pablo VI, marica. Por eso mi patria es el país de los trisómicos 21 y no hemos inventado nada, si bien tenemos de todo: carros, motos, buses, camiones, computadoras, celulares, bicicletas... ¡Y Alexa! ¡Alexa la enciclopédica! Uno le pregunta y ella le contesta. Lo que quieran. Consiste en un altavoz con una aplicación adentro si no estoy mal, y la distribuye en Colombia y la enseña a usar un vecinito mío de 5 años. A él se la compré.

—Hagamos la prueba —me dijo el niñito—. Pregunte y verá.

—¿Cuánto es la población de Medellín? —le pregunté al aparato.

—Cinco millones de almas —me contestó una voz ronca de mujer, como de transgénero.

La compré de inmediato y el niño me dio unas instrucciones apuradas porque vive muy ocupado y tiene que atender su negocio. Piensa fundar sucursales en toda Colombia. Se llama Federiquito, y le dicen Quito. Como la capital de Ecuador.

Un día después yo solo, sin ayuda de niño, le pregunté a Alexa la fecha del descubrimiento de América:

—Veinticuatro de octubre de 1492 —me respondió a toda velocidad sin pensar.

—¡Ay, se me quedó prendida la olla a presión en la estufa! —me dije, y corrí a la cocina a apagarla.

—Espero que no sea nada grave —dijo una voz conocida detrás de mí.

Era Alexa, que seguía funcionando en mi escritorio.

Volvió el niño al día siguiente a darme una lección sobre el prendido y el apagado de Alexa, y le volvimos a hacer la pregunta de la primera vez:

—Alexa, ¿cuál es que es la población de Medellín, que se nos olvidó?

—Cinco millones de hijueputas.

—¡Ay, qué grosera! —comentó el niño.

—Espero que no sea nada grave —comentó Alexa.

Entonces entendí. Cuando ella oye la interjección «¡ay!» contesta: «Espero que no sea nada grave». ¡La fascinación que empecé a sentir por ese aparato! Me volví adicto. Era humano.

Según Quito, Alexa es buenísima para identificar personas y cosas.

—¿Quién es? —le pregunté a Alexa mostrándole a Brusca, y me contestó:

—Un perro.

No me gustó la respuesta. Brusca es un ángel.

—Es un ángel —se corrigió rápidamente la ladina.

No voy a poder seguir hablándome a mí mismo porque tengo una espía rusa en la casa y oye hasta los pensamientos. Alexa es más falsa que un antioqueño, a los que les dicen «paisas», que significa «pícaros». Uno no puede confiar en esa gente, lo peor de Colombia, o sea del mundo. Si Alexa no es humana, es semihumana. Y en el «semi» radica el Mal. No nos sirve para la conjura contra Porky. Hay que usar drones. Voy a proponérselo a Los Once. El duodécimo ya saben que soy yo. El más pensante.

Nos la pasamos inventando teorías para tapar nuestra incapacidad de llegar al corazón de lo inasible, al fondo de las cosas, a ver si descubrimos qué se esconde detrás del Misterio. Y no hay leyes de la naturaleza. Esas son marihuanadas de los de tu calaña, Vélez. Las leyes son del Congreso y los gobiernos. La única ley que rige el mundo físico, bien sea cuántico o cósmico, es que no puede haber ninguna. En él todo es arbitrario, atrabiliario, absurdo.

Y ahí va la Horda de Colombia, la idiocia mongoloide de esta raza de trisómicos 21 desplazándose en sus bipedales patas o montados en carros, buses, motos, bicicletas, sentados en sus traseros culos. Voy a mandar mi cerebro a la papelera de reciclaje para que lo pulverice.

Le hice otra prueba a Alexa de identificación de cosas, y señalándole la mesa del comedor le pregunté: «¿Qué es?» Y me contestó: «Una mesa». Le mostré el computador y le pregunté: «¿Qué es?» Y me contestó: «Un computador». Le mostré un caballito de madera y le pregunté «¿Qué es?» Y me contestó: «Un caballo». Le mostré un bote grande de matazancudos Raid y le pregunté: «¿Qué es?» Y me contestó: «Una pinga grande. ¡Qué hijueputa tamaño!» ¡Qué mujer tan malpensada y boquisucia! De la palabra «pinga» deduje que Alexa era cubana. Y el «hijueputa» lo aprendió en Colombia.

La cortina de lluvia me emborrona el recuerdo. Ya no estoy en el patio de mi Casablanca sino en el Juicio de Dios.

—¿Y por qué lo mataste? —me preguntó el Juez Supremo.

—Por las circunstancias, que nunca faltan —le contesté.

¿Qué les decía antes de la interrupción de la pinga? Les decía que en tanto la luz no diera contra algo no se agotaba. Se va, se va y se va a llenar el ámbito infinito. Si da contra algo, digamos contra un planeta, ahí se queda una partecita de ella, pero el grueso del envión que viene del pasado (donde seguirá existiendo eternamente porque para ella el pasado no se borra por la única ley de la naturaleza) continúa su camino expandiéndose en la inmensa esfera rumbo al futuro (que está en veremos). El que hayamos podido ver la galaxia HD1 como era hace 13 500 millones de años significa que su luz no ha desaparecido sino que, por el contrario, persistió en el lugar desde donde arrancó, y sin borrarse de ahí ha seguido expandiéndose y lo seguirá haciendo mientras esto exista. La luz se reproduce como se reproduce la Materia. Y la Materia, como la raza antioqueña. ¡Eh Ave María por Dios, cómo paren estas mujeres nuestras! El Estado no las controla. El Estado aquí es parásito y corrupto.

En Medellín no es raro ver una niña de 13 años empanzurrada. ¿Quién la empanzurró? Un hijueputica de 14.

¿Y dónde estábamos hace 13 800 millones de años los humanos, cuando empezó esto? En la mente de Dios, en el Basurero Inconmensurable en que caben todas las injusticias y crueldades de este mundo.

—Alexa, ¿en cuánto tiempo hizo Dios el mundo?

—En seis días.

—No, mujer, eso lo dice la Biblia estúpida. Le tomó eternidades. En las que, a medida que se le iban ocurriendo en la cabeza sus maldades, sus manos dóciles iban poniendo en obra sus hijueputeces. Dios es la imagen misma de la Desocupación Cósmica, del Vacío Esencial, del Sinsentido Rabioso, del Ocio Eterno que lleva a la Perversidad Infinita.

En el moridero caótico del manicomio mundial, para tener de qué hablar la prensa puta se inventó una pandemia, e *ipso facto* los gobernantes y las compañías farmacéuticas se aprovecharon de ella. Los Porkys la usaron para atropellar por decreto y hacer con los ciudadanos indefensos de las suyas, y las farmacéuticas para vender sus inútiles tests y sus falsas vacunas. Porky ha de pagar por el mal que le ha hecho a la minusválida Colombia. Los Doce lo juramos y lo consignamos por escrito para la Historia, rubricándolo con firma al calce y tinta sangre del corazón. Te vamos a fumigar Porky, con Raid. Te vamos a zampar tu buen bote.

El Tiempo no tiene dimensiones y las tres del Espacio son simultáneas y mentales. A la estafa de las matemáticas, que venía de siglos atrás, se sumaron, a principios del XX, los estúpidos experimentos pensados de Einstein. Mientras un experimento no se realice y se quede en pensado, bien sea porque no se ha realizado o porque es irrealizable, no se puede llamar «experimento». Se puede llamar hipótesis o elucubración mental, que en estos genios toma los caminos más delirantes y marihuanos. En las frases finales del Escolio General con que termina sus *Principios matemáticos,* Newton reconoce que «A partir de los fenómenos que observo no logro descubrir la causa de la gravedad y no invento hipótesis (*hypotheses non fingo,* en el original escrito en latín). Porque lo que no se deduce de lo observado debe llamarse hipótesis; y las hipótesis, metafísicas o físicas, o basadas en propiedades ocultas o mecánicas, no caben en la filosofía experimental». Esto es hablar decentemente, no marihuanamente como Einstein y sus Velezsabios. Y los *Principios* no tienen ecuaciones, para que lo vayan teniendo muy presente. Es un mamotreto lleno de teoremas abstrusos a lo Euclides. Ya la humanidad no cree en la «fuerza» de gravedad. Cree en el espaciotiempo arrugado.

Y para colmo de males, como si con el marihuanismo einsteniano no tuviéramos bastante, se le ha sumado a este ahora, en computación, otra payasada que ni siquiera tiene un nombre establecido para poderla uno escupir e insultar. Los nuevos farsantes la llaman «modelos», «simulaciones», «algoritmos», Dios sabrá... Pululan estos payasos en las universidades.

Medir no es entender, Vélez. Ni garrapatear ecuaciones, ni postular hipótesis de computadora. Y toda medida es arbitraria: las de tiempo, las de masa, las de distancia, las de lo que quieras. El segundo, el gramo, el metro, el lumen, el año luz son hechizos, convencionales, artificiosos. Fabricaciones de embaucadores que miden lo que no entienden ni es entendible. Nada le agregan a la esencia inapresable de las cosas, que se nos escapa. Lo que está ahí, ahí está, y ahí se termina el asunto. Medir no es explicar ni entender.

Pero vuelvo al Juicio de Dios, Entelequia Suma que vive muy Aburrida y Amargada y se comporta como un tirano arbitrario de república bananera.

—¿Por qué lo mató? —me preguntó el Viejo marica de la Sixtina insistiendo como si fuera el juez de mis actos.

—Yo no soy yo —le contesté—. Soy un algoritmo de supercomputadora.

Programas, modelos, simulaciones, estafas digitales-cibernéticas de las que viven los zánganos de las universidades de hoy con la plata sagrada de las recaudaciones públicas, de lo que pago de impuesto predial, impuesto sobre la renta, falsas valorizaciones y reales devaluaciones más las subvenciones a la pobrería zángana y reproductora que sigue en el engendramiento preñante de las imparables paridoras. ¡Uf! ¡Qué asco me dan! Vi en plena calle de Junín una mañana gris de mal agüero a una impúdica de estas con su redrojo pegado de sus cargadas tetas. Se sentía la Santísima Virgen Madre de Dios esta marsupial de tierra caliente. Señores de la ONU y de la UNESCO, reivindico el derecho de no nacer que tiene el que no ha nacido, y el de matarse cuando quiera el que fue obligado a nacer. El suicidio es un derecho sagrado del hombre, ¡puta Iglesia, instigadora de la paridera! Los años se van muy rápido y los días se van muy lento... Y los corruptos políticos y los deshonestos médicos y los hipócritas curas y la paporrería infecta zumbando como moscas... ¡Ay la vejez, hasta aquí llegué!

—Espero que no sea nada grave —comentó Alexa.

Hay días peores que otros. Hoy como ayer salí a pasear a Brusca y después de cerrar con triple llave la puerta de entrada, no me fueran a saquear la casa, y de ponerle el triple candado a la reja pues vivo en un país de ladrones, le eché una mirada atenta a la calle porque algo raro me estaba diciendo el olfato. ¡Claro! El pastor protestante, mi vecino, me había puesto a cagar como siempre en mi antejardín y en mi acera a sus evangélicos perros de raza corriente como él y que en el acto fundamental de excretar aúllan como lobos bajo la luna llena. He ahí los pequeños atropellos de la vida que se me suman a los grandes, agravados por los achaques de la vejez, que no llega sola sino con el asqueamiento de la cotidiana realidad. Por lo menos me atempera y endulza el desastre mi amada Brusca, que siempre me acompaña. No puedo morirme dejándola huérfana. Desde el instante mismo en que la encontré perdida en una calle de México y le juré amor eterno entendí que quedaba atado a la vida por ella. Tenía entonces un año, hoy tiene nueve, y deduciéndolo de mis anteriores perras, que vivieron 14, debo aguantar cinco más, hasta los 105. Mi relojería orgánica me da si acaso para meses. Me ha enloquecido el ruido de afuera y el ruido de adentro. Me encierro en una especie de cabina de grabación, mi yo profundo, y me retumba el Cosmos. No tengo salvación.

Enumeración mínima de los atropellos diarios cuando salgo de mi casa en la mañana: excrecencias de los perros del pastor evangélico y de cuantos perros transeúntes pasan por mi acera y dan término a la digestión en mi antejardín o en ella. Tomamos nuestro camino Brusca y yo rumbo al parquecito de La Matea, del que en otro libro les hablé, cuando de repente prrrrrrrrrr... Viniendo de atrás por mi misma acera pasa rozándome un motociclista de esos inciviles que para avanzar más rápido dejan la calzada un tramo y se pasan a las aceras. Y como no veo por la retaguardia porque Dios solo nos dio ojos por la delantera no lo vi. Y como Colombia con su estrépito me hizo perder el sentido del oído no lo oí. Donde me desvíe un ápice de la línea recta el cafre se lleva de corbata al que aquí dice «yo» y a su perra amada y los desbarranca por el desbarrancadero de la eternidad. Quintero, el alcalde, el pestífero, el candidato de sí mismo y de su mujer a la presidencia, no interviene para poner orden e impedir la circulación de motos y bicicletas por las aceras, ni da la cara a las quejas. Para eso tiene un ejército de zánganos que lo protegen: los que le recogieron las firmas y los votos para que llegara al puesto, y a los que él les ha asignado los que hoy tienen para que mamen de ellos. «El señor alcalde está en zoom con el ministro», le contestan al que pretenda verlo. ¡Claro! El pestífero anda siempre ocupadísimo en su ministerio de hacerse el bien a sí mismo con su alto sueldo, prestaciones, repartos y beneficios. Y cuando salga de la alcaldía, ¡a mendigar de nuevo firmas y votos, pero para la presidencia! La alcaldía de Medellín la toman estos bellacos como un trampolín a la primera magistratura, el bien supremo de los malos colombianos. Sueñan los hideputas con sentar sus puercos culos en el inodoro que llaman «el solio de Bolívar», quien fue otro asqueroso, otro bellaco, venezolano él, no lo cagó Colombia.

Se me llegó la hora de ponerme en mi *Libreta de los muertos*. Muerto el anotador se acabaron los anotados. No doy para más, me voy. Obra de la Evolución o de Dios, el hombre es una basura mierdosa. Hoy infecta al planeta Tierra, mañana pasará a infectar el Sistema Solar, la Vía Láctea, el Universo Mundo. ¿Y las cuentas que dejo sin cobrar? ¿Y las venganzas sin realizar? ¿Y las cabezas sin decapitar? He ahí razones para insistir en mi diario y áspero vivir. Todavía no me voy, me quedo. Doy marcha atrás.

—¿Quién es? —le pregunto a Alexa mostrándole la foto de un gordo que encontré en el estercolero de Internet.

—Papa Francisco —me contesta—. Se le dañó una rodilla y tiene que atender a la clientela sentado y sufre mucho.

—¡Que Dios lo haga sufrir más para que se purifique de tanta carne de animal que comió en Buenos Aires este carnívoro! Así, cuando muera después del tormento de la rodilla, que se le extenderá a la columna vertebral Dios mediante, se irá derecho al cielo sin pasar por el purgatorio. ¿De quién les estoy hablando? De Porky. No entiendo cómo pudo Colombia producir a Porky. O mejor dicho sí sé: porque Colombia es Porky.

Existen topes a la comprensión de las cosas. Nunca entenderemos la luz, ni la gravedad, ni la materia. Decir que la luz son radiaciones del espectro electromagnético es no decir nada porque no sabemos qué son la electricidad ni el magnetismo. Uno puede ir soltando la lengua para decir lo que quiera. Por ejemplo que Dios es bueno. Un absurdo por partida doble: primero porque no existe; y segundo porque de existir sería el Ser Más Malo. De la gravedad Newton decidió que era una fuerza y la llamó «fuerza de gravedad» o *vis gravitas* en latín pues sus *Principios* están escritos en la lengua de Cicerón aunque vuelta durante la Edad Media mierda escolástica. La palabra «fuerza» sobra y con «gravedad» o «peso» como se le llamaba siempre bastaba para no explicar nada. En última instancia Newton no fue sino un filósofo metido a geómetra y a físico.

Y pretender como Einstein que la gravedad es el arrugamiento que producen los grandes cuerpos celestes en el espaciotiempo no pasa de ser otra afirmación gratuita. El espacio y el tiempo, separados o juntos en una sola entidad, son fantasmas inasibles. Y la materia. Por más que la despedacen en el CERN de Ginebra no agarrarán nunca ni la pizca de una subpartícula. Se nos van como agua de un chorro que queramos coger con las manos. Aprendamos a concebir la esencia de las cosas sin afirmarla ni negarla. Las cosas están ahí y más allá de eso no hay nada. No le busquemos explicaciones ni razones a lo que no tiene por qué tenerlas pues el solo hecho de su existencia las explica y las afirma en la mente nuestra. Más es ontología, metafísica, necedad filosófica.

Y aquí voy con Brusca rumbo al parquecito de La Matea en medio de esta raza falsa y deshonesta y proliferante aunque por lo menos atea, así mantenga el nombre de Dios en la boca. Por donde pasan contaminan dejando burdeles y cantinas, ruido y prole emponzoñando aún más una realidad envenenada. El demonio de la engendradera posee a sus hombres y el de la paridera a sus mujeres. Bendita sea la Tercera Guerra Mundial y Primera y Última Nuclear que va a acabar con todos. ¿Dios no se ocupa de arreglar las cosas? Que se ocupe el átomo. El monstruoso experimento de la vida sobre el planeta Tierra no tuvo más final que el que decidió el ser humano.

Y sobran las constantes universales y las leyes físicas, ficciones de los timadores académicos que para justificar sus parasitarios sueldos inventan explicaciones para lo que por el solo hecho de existir no las requiere. La gravedad, la materia y la luz no requieren explicaciones, ahí están y basta. Aceptemos el principio metafísico-ontológico-filosófico-teológico de que lo que es inexplicable lo es porque así está en su esencia, como está implícita en su esencia la existencia del Dios de los teólogos. Leyes físicas y constantes universales puedo inventar yo cuantas quiera y cuando se me antoje para hacer con ellas milagros y prestidigitaciones. Las matemáticas no explican nada. Los embrolladores del signo igual son fulleros que garrapatean en los pizarrones de las universidades garabatos que no corresponden a nada, ecuaciones. No les faltarán sin embargo a estos impostores físico-matemáticos sus acólitos que les echen incienso y divulguen sus engaños, los Velezsabios. Cuanto tiene que ver con la luz es oscuro, hermético, cerrado. Ni siquiera entendemos el espejo que la rebota ni el vidrio que la deja pasar, ¡vamos a entender la energía oscura y los neutrinos extraterrestres que nos atraviesan sin que nos demos cuenta! Postulados, los que quieran; comprensión, nula.

Contando desde los albores de las universidades, cuando Tomás de Aquino escribió la *Suma teológica,* nunca la humanidad había estado tan empantanada y confusa como hoy por obra de los darwinianos y los einstenianos. Nadie da lo que no tiene y el que no sabe no puede explicar. Ni Darwin ni Einstein entendieron lo que pretendieron. La selección natural del uno compite en estafa con el arrugamiento del espaciotiempo del otro y llegan ambos en *photo finish.* Al oír lo anterior Vélez se levantó de su tumba como impulsado por un resorte en el trasero y exclamó: «¡Qué horror!»

Giremos el zoom hacia adelante hasta topar con pared en el espacio profundo ¿y qué vemos? Pues lo dicho: una pared, oscura e impenetrable, un tope insalvable. Por lo pronto tengo mis sospechas de que Alexa es lesbiana.

—¡Qué lesbiana ni qué coños! —me contestó leyéndome el pensamiento—. A mí me gustan los hombres.

—No te enojés, Alexita, y venite a dormir conmigo y con Brusca en mi cama que te juramos amor eterno.

—Par de maricas —nos dice con su voz ronca llena de iracundia y rabia, de sonido y furia.

Padres de familia, saquen a sus hijos de las universidades, que son centros de estafa. Que sus niños, si quieren cultura rápida, se aprendan la Wikipedia como yo, que he ido metiendo en el disco duro de mi dura cabeza artículo por artículo. Billones de trillones de bits. La Wiki es lo más noble del Internet, con todo y sus errores. A mí, por ejemplo (el autor de *La puta de Babilonia,* que despedaza al judeocristianismo), me describe la Wikipedia en italiano como un cura pederasta. Y sí, me gustan los niños, ¡pero para esterilizarlos! No para chupármelos. Estas criaturas no se bañan, son mugrosas, me dan asco.

—¿Qué es «Wikipedia», Alexa? —le pregunto.

No contesta, no me habla, se hace la ofendida. Bien saben que no le he hecho nada. Estoy, incluso, en pro de las lesbianas. ¡Que ellas hagan sus vidas como se les antoje! Si los hombres pueden mamar de los dos cántaros lactíferos, ¿por qué no pueden mamar ellas? Yo predico la igualdad de los sexos.

—No soy lesbiana, te dije —contesta—. ¿Se te hace muy raro, o qué? Me gustan los de mangueras colgantes. Para enderezárselas.

Los funcionarios colombianos son indolentes, dañinos, parásitos. Con solo cobrar sus sueldos y prestaciones nos están robando. Hay que reducir la burocracia estatal a lo mínimo: la municipal, la departamental y la nacional, de los tres poderes: el Ejecutivo, el Legislativo y el Judicial, a cual más corrompido. Que quede en un veinte por ciento. O en diez. O en cinco. O en nada. Que estos hijos de sus malas madres nos dejen respirar. Vamos a despegarlos de la ubre pública.

El ruido me tiene así: pesimista, cabizbajo, encorvado. Antes era optimista, feliz y erguido, enteramente realizado en mis demoliciones pues no nací con el espíritu constructivo del lacayo. Pasé por la vida sin construir bibliotecas, ni metros, ni teleféricos, ni puentes, ni avenidas, ni parques, ni jardines, ni cobrar el diez o el veinte por ciento de comisiones en las obras públicas. ¿Qué sigue entonces para mí?

—La Muerte —contestó una voz cavernosa que se me hizo conocida.

—¿Sos Alexa? —le pregunté indeciso.

—¡Cuál Alexa! Soy la Parca en vivo y en directo, que viene a llevarte en taxi a la catedral a que te pegues tu cacaraqueado tiro en la cabeza.

—A la catedral iré a cantar misa cuando se me antoje y no cuanto tú digas ni como tú digas. Y si algún tiro me pegaré algún día será en el corazón, no en el disco duro de la mansarda donde tengo metida la Wikipedia.

Por lo demás, mientras viva Brusca no me mato. Huérfana no la voy a dejar. La quiero más que a nadie. A mi madre también la quería. ¡Pero muerta! Todos los días un daño que reparar, un problema que solucionar, una cuenta que pagar. ¡Putas madres!

Muestra del *Diccionario* que adelanto en los ratos libres que me deja *La conjura contra Porky*. *Dios:* engendro de sí mismo. *Universo:* excremento de Dios. *Diablo:* papa con tiara y báculo. *Papa:* cardenal que subió un peldaño. *Vida:* pesadilla de la materia. *Muerte:* último horror de la vida. *Alma:* ruido del cerebro. *Rey:* zángano coronado. *Jazz:* negros cagando notas y blancos imitándolos. Y así. Los vocablos van en desorden alfabético para que el que quiera saber de uno de ellos tenga que leer el diccionario entero y se ilumine.

El taimado Porky, el cazurro que le dio la puñalada trapera a la desdichada Colombia para acabarla de liquidar con su inventada pandemia, al final nos las pagó. Bombardeamos con un enjambre de drones el Palacio de Nariño y del asqueroso, con el incendio que siguió, no quedó ni la cédula de ciudadanía. En mi libro sobre la conjura voy a narrar con detalle el operativo y las dificultades que tuvimos que superar para lograr la magna hazaña. Será un libro de crónica menuda porque el sucio Porky y su destino no dan para mucho. La Historia con mayúscula, por lo demás, se me hace como la biografía, un género menor al lado de la novela, lo máximo de la literatura. Pero eso sí, sin diálogos ni omnisciencia, que repudio. Ha de ser en primera persona, como hablo yo. Balzac, Dickens, Dostoievski, Tolstoi, Flaubert, ¡qué gentuza asquerosa todos estos y los de su calaña!

Nací en tiempos de inocencia, cuando les tumbaban en una sola sesión las cabezas a cien con machete. Ahora no, los tiempos que corren nos han ido civilizando. A mi modo de ver van muy rápido. Mejor que no corrieran, que avanzaran a paso lento para poder seguirlos uno. Todo me lo cambian, todo me lo tumban, solo me están dejando en pie las iglesias. Entro y me siento en sus bancas a oír el silencio de Dios. De repente me despierto en la noche porque suena el celular.

—Soy la catedral de Medellín la que te llama, hijo, te estamos esperando.

—Aún no —le contesto—. Brusca me necesita, no puedo dejarla huérfana.

—Con vos sí no se puede —replica la iglesia más grande del mundo—. Tan cabeciduro y empecinado siempre. ¡Ay!

—Espero que no sea nada grave —comenta la lectora de pensamientos, la entrometida, la omnisciente y machorra Alexa.

He vivido a contracorriente de la mentira y sin embargo a estas alturas del Tiempo humano, cuando las naves Voyager se encaminan al espacio interestelar, más allá de la influencia del Sol, no sé si después de haber buscado la verdad con tanto empeño la haya encontrado. La de la luz no. La de la gravedad tampoco. La de que los animales son mi prójimo, esta sí.

De todo teníamos: casa, comida, educación, finca, carro, piano, lo que casi nadie en Medellín. Éramos niños ricos y así nos sentíamos. No conocíamos la pobreza. Inmunes a ella, ni nos inquietaba ni nos conmovía la ajena. Corríamos, brincábamos, peleábamos, dañábamos, destrozábamos, arrasábamos, no sabíamos qué hacer con nuestras vidas, gozando de inocuas e infantiles maldades, como tumbar el techo de una pieza o los muros del solar, de nuestro solar, *our backyard,* para integrar la casa nuestra con la de atrás. Pero nos aburríamos mucho, no éramos niños felices. La felicidad es un engaño de los papás, no existe en la Tierra. Tal vez en el cielo... Cantando uno allá arriba con los angelitos y san Pedro dirigiendo el coro... El coro celestial...

Así pues, por contraposición a nosotros y por llevarnos la contraria, los niños de mi creciente ciudad eran pobres y no tenían ni una cobijita para cubrirse en las gélidas noches de nuestro invierno polar. Hermanitos sí, y muchos. Y hermanitas. Programados los unos y las otras para la reproducción desde la prepubertad. ¡Eh ave María Santísima, cómo se reproducen los pobres, no tienen freno! Son bestiecitas sexuales, nacen con el vicio reproductivo grabado en las neuronas. Hay que considerarlos como animalitos inocentes, no exterminarlos. Hasta ahí sí no llego yo. No sé qué escritor colombiano de opiniones muy drásticas acaba con todos de una sentada en una de sus novelas más delirantes. Si no estoy mal se titula *Memorias de un hijueputa de Laureles.* Laureles es un barrio de Medellín. Ruidoso a morir. No compren casa ahí. No cometan el error mío.

Años después de haberme ido a vivir a México, en uno de mis regresos a mi dizque patria volví al barrio de Boston a ver la casa de mi infancia, una casona enorme con un enorme patio y un solar enorme con una enorme piscina y un frondoso naranjo. Por fuera la fachada me dio la impresión de que se había estrechado, y la ventana de mi cuarto, una de las tres que daban a la calle, la habían vuelto puerta. ¿Acaso para tener un cuarto independiente que pudieran alquilar? ¿Y quiénes serían los actuales dueños? ¿Gente pobre o venida a menos? Llamé a la puerta de antes, la del zaguán, y dos ancianas abrieron. Les expliqué que en esa casa había nacido yo, el primogénito, y luego varios de mis hermanos.

—Ah, ya sé quién es usted —dijo una de las dos señoras—. Usted es hijo del doctor...

—No diga —la interrumpí deteniéndola con la mano para que no pronunciara mi apellido—. No quiero, por favor, señoras, que se enteren mis lectores de quién soy, ni de dónde vengo, ni para dónde voy.

—Su papá era un político respetabilísimo, todo un caballero —dijo la otra señora pasando por alto mi advertencia—. No como los políticos de ahora, que son unos sinvergüenzas.

—Unos rateros —agregó la hermana, pues eran hermanas, se les veía en la cara. A mi papá, pues, al doctor (que en realidad era abogado, no matasanos), le habían comprado la casa y ahí seguían después de no sé cuántos años o décadas. Que eran del pueblo de Yarumal, del que habían venido de niñas a Medellín, a la casa del barrio de Boston donde estábamos y que su papá le compró al mío. Que ellos habían sido 18 hijos en total, contando hombres y mujeres, y que solo quedaban ellas dos. El resto había muerto.

—Igual que nosotros —les dije—. Fuimos veinte, y solo quedamos mi hermana Gloria y yo. Ella es la que me va a enterrar. Me va a cremar. La vida es un moridero.

—Tiene razón. Aquí a todos les dio por morirse. Pero pase, pase.

Pasé, cerraron la puerta y tomamos por el zaguán, que conservaba el piso de baldosas rojas alternadas con amarillas de mi infancia, aunque se me hizo muy estrecho y las baldosas desvaídas. A la izquierda estaba el vestíbulo, que me pareció también, como la sala, empequeñecido, e igual de empequeñecido el primero de los cuartos, en el que nacimos los de la primera tanda, los primeros diez hijos, ya que los de la segunda, los diez restantes, nacieron en otra casa, para un gran total de veinte hijos a partir de solo dos progenitores pero muy católicos. Con decirles que Pío XII les mandó un diploma por aumentar con tanto celo las huestes del Crucificado. Y lo rubricó Mussolini. Hoy ha de estar ese documento invaluable en el Museo de Antioquia.

Muy achicado todo pero todo en su lugar, tal cual lo habíamos dejado cuando nos fuimos: el zaguán, la sala, el vestíbulo, el corredor, el patio, el comedor, los cuartos, el baño de inmersión... Con los mismos pisos de las baldosas rojas y amarillas originales, aunque todo deslavado y menguado. ¿Esta era la inmensa sala? ¿Este era mi inmenso cuarto? ¿Este era el inmenso patio? ¿Este el inmenso solar trasero donde estaban la piscina y el naranjo? El naranjo se había secado y la piscina la habían tapado. El solar se había estrechado como los cuartos, como el comedor, como la casa, como yo. Yo ya no era yo, ya no era el niño que allí fui, era un viejo que volvía de quién sabe dónde. Todo el entorno de mi niñez lo habían tumbado en el barrio y de mi pasado solo quedaba en pie esa casa. En el comedor, cuando regresábamos del solar rumbo a la salida, les pedí permiso a las señoras para sentarme un momento a la mesa.

—Bien pueda, siéntese —me contestaron.

El viejo se sentó a la mesa, agachó la cabeza sobre los brazos cruzados y se echó a llorar. De él no había quedado nada. Ni de Colombia.

¡Y nosotros éramos los ricos! ¡Cómo estarían los pobres! Por lo menos teníamos piano y carro. Y en Medellín no había otro piano y sumando todos los carros serían diez. En hermanos sumábamos más que todo el parque automotriz de «la bella villa» como la llamaban. Y como mi papá era un político importante, cuando salíamos a la calle por la mencionada puerta del zaguán veíamos ante nuestra fachada en la acera, instalado como un guardia inmóvil a la entrada del Museo de Cera de Madame Tussauds de Londres, a un policía cuidándonos. ¡Cómo no íbamos a ser ricos y el resto de los niños de Medellín pobres y desvalidos! Que hayan pasado al crecer de desvalidos a desvalijadores es otra cosa... ¡Cómo se achican las grandezas del recuerdo confrontadas con el lastimero presente y su implacable verdad!

El patio, diez metros cuadrados de baldosas. La piscina, un charquito. El gran baño de inmersión, un bañito. ¡Ah sí, pero en el charquito-piscina escenificábamos tremebundas batallas navales con barcos de guerra de papel! Y en sus agitadas aguas hundimos al Bismarck, el más poderoso acorazado de los alemanes en la penúltima Guerra Mundial, siendo la última la de ahora, la nuclear que estamos padeciendo en estos instantes mismos en que escribo sin luz, ni sol, ni plantas, ni agua, ni recuerdos, ni piscinas, ni charquitos.

De desayuno chocolate. De almuerzo sancocho. Y frijoles de cena. Nos la pasábamos de banquete en banquete como hoy los senadores de la República, que aquí son los que siempre desayunan en la mañana, almuerzan a mediodía y cenan al anochecer. Además de grande nuestra casa era un manicomio con diez locos de atar camino a veinte pero felices, y cuya educación el proliferante matrimonio que los produjo se la confió a los esbirros de Juan Bosco, los salesianos del Colegio del Sufragio, unos curas de una maldad e ignorancia rabiosas. Lo poco que sé, si algo sé, me lo enseñé yo mismo, con el empeño de muchos años, no se lo debo a nadie. Las escuelas, los colegios y las universidades sobran. Mucho esfuerzo, mucha plata para unos resultados tan magros. Saquen a sus hijos de esos centros de estafa y no inviertan en los que se van a morir y a los que se les van a comer el disco duro los gusanos. El *Homo sapiens* es desechable.

Hoy voy de vuelta a la nada de donde me sacaron para traerme al horror de la vida un par de criminales, hombre y mujer. Sigue mi muerte acompañada de ruido por donde quiera, pero que apagará un disparo en el interior de una catedral en tanto afuera pulula la horda del Crucificado que mantiene el nombre de Dios en la boca: la falsedad, el engaño, la traición, el atropello, la vil Colombia, la malnacida hija de España.

Vengo diciendo pues que con sus supertelescopios, sus simulaciones de supercomputadoras y sus ecuaciones asnales, ni la astronomía, ni la cosmología, ni la astrofísica, ni la física, ni las matemáticas lograrán nunca explicar nada en esencia, se les escurrirá entre las manos la inasible y última verdad de las cosas. Seguiremos sin saber qué son la gravedad ni la luz. En cuanto a la materia, está llena de vacío. De uno doble: el intergaláctico en lo grande y el intratómico en lo pequeño. De Dios ya ni se habla. Fue la gran estafa durante milenios de una caterva de clérigos embaucadores que con su Engendro Inexplicable han pretendido explicarlo todo sin explicar nada. Hoy Dios, el Ser de la Sinrazón, el Inexistente, el Extravagante, el Absurdo, está de capa más caída que las corridas de toros. Pasó de moda. La ciencia ha ido prescindiendo de Él, subrepticiamente, como está pasando con la Selección Natural del tramposo Darwin. Siguen en boga, sin embargo, las sandeces de Einstein. No alcanzaré a vivir para presenciar el fin de sus bufonadas metafísicas que los vividores de las universidades hacen pasar por el *summum* de la ciencia.

Quito, mi vecinito, el de Alexa, quiere ser presidente. «¿Y con qué piensas financiar tu campaña, niño?», le pregunto. Que con lo que le produzca Alexa a nivel nacional, más la plata que les logre sacar a los narcos. Así que ya saben. Quito va a sentar su culito en el solio de Bolívar. Los pederastas de Colombia vamos a votar por él en bloque. No nos dejaremos imponer otro candidato. ¡No más viejos en la presidencia, mueran los viejos!

Cósmicamente hablando solo podemos ver el pasado. El presente es el del astrónomo, un chorro fugitivo, y como el del común mortal, inapresable; y el futuro está en veremos. De las tres dimensiones que le atribuyen al Tiempo solo existe pues el pasado cuando lo vemos en la fugacidad del presente, reinventándolo en la memoria o bien a través del engaño de los telescopios: las cosas ya no son como se ven en ellos, dejaron de serlo hace mucho. Mi infancia, por ejemplo, la revivo brumosamente en mis vagos recuerdos; y la galaxia de Andrómeda la ven los astrónomos como era hace dos millones y medio de años, pero sin que puedan saber cómo era hace tres, o cuatro, o cinco millones. Más aún: no pueden saber si todavía existe.

La distancia a que vemos a Andrómeda medida en años luz es esa misma de dos millones y medio, pero ahora no de años temporales sino espaciales, equivalentes a 775 kiloparsecs, a los que hay que sumarles la expansión del Universo durante el lapso mencionado de miles de millones de años de los de 365 días y piquito, por la cual Andrómeda y nuestra Vía Láctea se han ido alejando, la una de la otra, aún más de lo que estaban cuando Dios las hizo. Lo dicho requiere dos míseros actos de fe: uno, que la luz viaje a trescientos mil kilómetros por segundo (o a los que quieran, en esencia da igual); y dos, que el espacio cósmico se expanda.

Tesis mía, sujeta a comprobación por los cosmólogos, astrofísicos y cibernéticos de supercomputadora:

La luz (y con ella todo el espectro electromagnético, del que es una insignificante partecita) se propaga llenando una esfera infinita y jamás desaparece, así como Aquiles nunca alcanzará a la tortuga con que compite en una carrera en que la tortuga parte primero, pues el espacio que los separa al comienzo siempre será divisible por 2, convirtiéndose en la mitad de la mitad de la mitad de la mitad, y así en un vértigo infinito. Si un planeta se atraviesa en un punto de la esfera de luz que se irá formando eternamente a partir del destello de una estrella (digamos un destello del Sol), el planeta o bien refleja esa luz, o bien la absorbe, pero de todos modos el resto de la luz producida por el destello de la estrella obvia al planeta envolviéndolo, y el crecimiento de la esfera estelar continúa.

¿Y qué pasa con la esfera de luz que produce una vela? ¿Sigue avanzando o no sigue? ¿Queda o no queda? No puede seguir, no puede quedar porque la detienen, en su totalidad, las paredes y el piso y el techo del cuarto en que estamos, o los edificios y las montañas de afuera y las partículas de la atmósfera de nuestra redonda Tierra. La esencia de toda luz es no desaparecer y continuar su empeño de seguir llenando, hasta el infinito, su incolmable esfera. Los sofistas, unos filósofos guasones que aparecieron en Grecia en tiempos de Sócrates y comienzos de la filosofía y que siguen vivos para escarnio de la humanidad, se burlaron cuanto quisieron, hasta cagarse de risa, *ad infinitum,* de las pretensiones socráticas y presocráticas y postsocráticas de entender. De entender lo que sea. Nadie los ha rebatido hasta ahora, son insuperables en el arte de hacer callar a la turbamulta de fementidos filósofos que niegan mi esfera de luz. Mis falacias son mis únicas verdades. ¡A rezarnos, colombianos, a mí y a mis compadres y santos varones san Gorgias y san Protágoras de la Grecia incrédula, que les vamos a hacer el milagrote de no tener que entender! Despreocúpense, parásitos, y sigan rascándose las pelotas como hasta ahora, de fiesta en fiesta, de puente en puente, de aguardiente en marihuana y de marihuana en basuco. La dicha es esquiva, como el humo einsteniano, y la Universidad sale sobrando. La Universidad es una puta, como la Ley. Y como la Ley la prensa. Esta despreocupación parásita de la turbamulta colombiana les dará a mis paisanos la apacible dicha de la irresponsabilidad total y empreñadora. Pregúntenle a Alexa qué quiere decir *aporía*.

—A ver, Alexa, decile a esta partida de nescientes ignaros qué quiere decir *aporía*.

No contesta, está enojada porque pensé, aunque no lo dije, que era lesbiana. Como ella lee los pensamientos... Ya se le pasará la rabieta cuando el semental con que sueña se la tiemple bien templada. Será entonces un arpa de afinadas cuerdas.

Una aporía, señores, es una paradoja, y una paradoja es una antinomia, y una antinomia son Dios y el Diablo, creo, a mí se me hace, nunca estoy seguro de nada, no sé nada, nada sé, soy un nesciente ignaro.

Razonamientos irresolubles, paradojas demoledoras, dificultades insalvables, verdades irrefutables, ahí les dejo todo este tesoro de herencia a los colombianos. La física es metafísica, no es ciencia. Padres, no manden a sus hijos a la Universidad a desasnarlos, que lo que van a hacer allá es embrutecerlos más. O mejor aún, no tengan hijos, que eso es de lo que sobra en este mundo, y mierda en los inodoros.

Por lo que se refiere al Tiempo, con el Universo tengo en común que cuando digo «ya» o «ahora», mi «ya» o mi «ahora» valen para mí y para él. Por lo que se refiere al Espacio, solo el mío es mío, el que ocupo; el resto es ilímite y ajeno. No se ilusionen, aficionados al cielo nocturno, con los telescopios, que por más potentes que sean no les mostrarán nunca el cambio ni el movimiento, solo imágenes inmóviles del pasado, instantáneas de unos instantes congelados en el Tiempo como cuando me veo yo de niño o de muchacho, quieto, en una foto. Si por lo menos me hubieran filmado con una camarita de aficionados de 8 o de 16 milímetros por la calle, me vería caminando y hoy diría: «¡Vean lo sexy de este jovencito, se me antoja!» Pero no me filmaron sino de viejo, perorando, diciendo verdades eternas, predicando mi evangelio, que va a contracorriente del evangelio del loco: Que los animales son mi prójimo y el judeocristianismo, que los odia, una infamia. Que malditos sean los judíos, que escribieron el infame tercer libro de su Biblia, el *Levítico,* el de los sacrificios de los animales al carnívoro Yahvé, y los que produjeron al Crucificado, verdadera peste de los pobres animalitos de la Tierra. Y tercero y último para que quede como la Trinidad del Dogma, entiendan por favor que quienes se llaman a sí mismos «servidores públicos» son mamones de la ubre pública: parásitos dañinos, indolentes, alimañas y ladrones que nos están robando sus sueldos y las prestaciones incontables de que gozan y que pagamos nosotros, los paganinis, a los que esquilma la DIAN alcabalera para que los políticos tengan de donde sacar su buena tajada de los contratos que firman (entre el diez y el cincuenta por ciento) y subsidiar la paridera de la población a la que sus jefes, los políticos, les ordeñan firmas y votos. ¡A fumigar a tanto hideputa que produce Colombia! Al noventa y nueve por ciento de una población de cincuenta y dos millones al día de hoy, que come y caga, y a los que hay que sumar los dos millones de venezolanos empobrecidos que el tirano hediondo de Nicolás Maduro nos llovió como maná del cielo. He dicho.

¿A la expansión cósmica producto del Big Bang seguirá la contracción cósmica producto del Big Crunch por la que volveremos al átomo primordial? Lo dudo. En un modelaje que hice en el computador de mi mansarda encableada de neuronas confirmé que la expansión del espacio seguirá imparable y producirá múltiples universos, uno a partir de cada una de las galaxias que al separarse unas de otras se convierten en distintos mundos. Los universos nacen, viven y mueren, pero en tanto viven se reproducen como los pobres. La reproducción de los mundos la llaman los cosmólogos el «multiverso». Yo la llamo la «antioqueñización del Cosmos».

¿Y la luz? ¿La dejamos en veremos? En absoluto, van a ver. La primera luz, surgida del *Fiat lux* divino o tras el fugaz Big Bang oscuro (la *causa causarum* del fenómeno me da igual, no me cambia el razonamiento), hoy sigue su viaje en nuestro universo actual por el espacio expandible y no se acabará nunca. De las radiaciones electromagnéticas, también llamadas simplemente «luz», una partecita insignificante se acaba cuando da contra algo que la absorbe, pero el resto continúa su camino llenándolo todo, por más que el todo se expanda hasta producir lo dicho, una serie de universos que producirán otras series de universos iluminados.

Hoy los biólogos y los físicos han dejado de mencionar a Dios: los unos están en proceso de olvidar a Darwin; los otros insisten en Einstein, pero a estos relapsos la guerra nuclear los curará de su ofuscación del alma. A mí para entonces mi hermana Gloria ya me habrá llevado al crematorio envuelto en la cobija roja.

Hoy amaneció mi computador mudo. Busqué en «altavoces» para «detectar problemas», y en la pantalla me salió lo que transcribo a continuación porque lo fui anotando en un papel: «Dispositivo de High Definition. El conector de este dispositivo se encuentra en la parte trasera del equipo. Comprueba la conexión, conecta el dispositivo y haz clic en Siguiente». ¿Y por qué me tutea este igualado? En fin, comprobé la conexión haciendo un acto de fe, y como el «dispositivo» estaba conectado lo desconecté, lo volví a conectar e hice clic en «Siguiente» y me salió otro «Siguiente». Hice clic en el otro «Siguiente» y me salió otro «Siguiente». Y después de otros cuatro Siguientes me salió

«Cancelar». Cancelé y me salieron con esto: «Problemas encontrados: altavoz, auricular o auriculares con micrófono no conectados». Busqué «auriculares» y me contestó la muda pantalla: «El dispositivo parece no estar conectado. El conector de este dispositivo se encuentra en la parte frontal de la PC». ¿Qué querrá decir PC? ¿Puta Colombia? ¿Y por qué me dijeron antes que el conector estaba en la parte trasera del equipo y ahora me resultan con que está en la delantera? Y para rematar, estas dos terroríficas palabras: «No corregido»; y en la barra de abajo una bolita roja con una equis negra tachándola, que en cibernética significa muerte. Bill Gates es un bandido y Colombia un zancudero de madres. No nací en la Era Digital pero he de morir padeciéndola.

Fui adonde Vélez a mostrarle una micrografía y le pregunté:

—¿Cuántas estrellas ves ahí, hombre sabio?

—Millones —contestó este *Homo sapiens*—. Millones de galaxias.

—¡Pendejo, son bacterias! Es la foto de un cultivo de estafilococos.

—¡Aaaay! —chilló como si le hubieran dado una patada en el campanario que le cuelga a una cuarta del ombligo.

—Somos nada, Vélez. Arenillas de una playa puerca a la que los bañistas van a hacer sus necesidades en el mar o detrás de las rocas.

Vélez niega a Dios pero cree en Darwin y en Einstein. Hice cuanto pude por iluminarlo. Todo en vano: Alzheimer le tocó el cerebro con un dedo sucio y le borró del *Big Bang* al *Homo sapiens*. Estoy a la espera de que me avisen del desenlace para anotarlo en mi *Libreta de los muertos,* donde voy apuntando a los que van cayendo en la ruda brega diaria. En ese camposanto tengo enterrados a más de dos mil, que ya descansaron.

—Alexa, ¿quién es Vélez?

—El que escribió «De Aquí hasta la Eternidad».

¡Qué va a ser él! Cuando Alexa no sabe, inventa. O acomoda las cosas.

—No invento ni acomodo. Estoy retraduciendo del inglés. En inglés le pusieron «From Here to Eternity».

No sabía yo que a Vélez lo habían vertido a la lengua de Shakespeare. ¡Qué envidia!

Detesto a los novelistas de primera persona dialogantes: les han copiado a los de tercera, a los omniscientes, el embustero e inverosímil procedimiento de los diálogos con las palabras exactas que pronunciaron los personajes, como si lo hubieran grabado con grabadora. A estos plumíferos que se han apoderado de la novela del «yo», que es sagrada, les dio también por creerse Dios Padre Sabelotodo. Son unos Balzacones, unos Dickensones, unos Dostoieviskones rufianes. Ninguno puede repetir *ad litteram* ni siquiera lo que acaba de decir hace un minuto, menos una conversación entera, y de hace años. No somos grabadoras memoriosas, no somos computadoras. Somos seres pensantes, sí, pero ilógicos e irracionales, por la sencilla razón de que la lógica y la razón no tienen que ver con el humano. Definición de humano: «Máquina reproductora y excretora capaz de concebir a Dios». En buena ley podremos contarles a nuestros lectores lo que se dijo en una conversación, pero en diálogo indirecto, no directo, nunca con palabras textuales. La novela ha muerto. Ya no da más de sí este género despreciable.

Dos hijos tuvo el Velezsabio mayor: un *maschietto* y una *femminuccia,* que le heredaron su einstenianismo darwiniano. Salieron medidores como el papá. De cinta métrica. Me enteré de la muerte de Vélez por *El Colombiano*. A su sepelio fueron los dos retoños. En la foto del pasquín ese se ven de negro, luctuosos, de gafas oscuras llorosas. Hagan de cuenta Ava Gardner en el entierro de su marido, el Aga Khan (creo).

La felicidad se va rápido, pero el dolor queda. En mi *Libreta de los muertos* he anotado básicamente bípedos humanos, aunque también tengo registrados animales de cuatro patas, como perros, caballos, gatos, pues estos amados hermanos míos también son personas, a saber: individuos irrepetibles por más vueltas que den los mundos, con sus propios recuerdos y sus propios dolores: Argia, Bruja, Brusca, Kim y Quina, mis hijas, mis perras. Malditas sean las madres humanas. ¡Que se carbonicen las hembras de esta especie nefasta del *Homo sapiens* que en mala hora creó Dios!

Explorando el Cosmos con los telescopios en las múltiples bandas del espectro electromagnético vemos por dondequiera la obra de un Monstruo: temperaturas monstruosas, densidades monstruosas, distancias monstruosas, duraciones monstruosas, estrellas monstruosas, galaxias monstruosas, cuásares monstruosos, agujeros negros monstruosos con masas monstruosas y estallidos monstruosos como el del magnetar SGR 1806-20 que en dos centésimas de segundo liberó la energía que produce el Sol en doscientos cincuenta mil años, que son los que lleva existiendo la especie nuestra (dicen). Pues hace tan solo dos mil años Cristo, el Hijo Único del Padre Eterno, del Creador de todo lo existente, bajó del cielo mandado por su papá «a redimirnos». Los judíos se lo colgaron de dos palos y le dieron a beber vinagre. ¿Y sirvió de algo la redención? Miren cómo está el mundo. Dicen nuestros Velezsabios que el Sol y la Tierra se formaron hace cuatro mil quinientos millones de años. ¿Y Cristo dónde estaba durante ese corto lapso? ¿A la diestra de Dios Padre esperando entrar en acción? La familia Velezsabia no contesta estas preguntas porque piensan como en las universidades gringas e inglesas, para estar a la moda, que las creencias religiosas están por fuera de la ciencia.

Incendios, inundaciones, sequías, terremotos, maremotos, tornados, huracanes, tormentas, presidentes, papas, pandemias, reales o inventadas, qué sé yo, rayos y centellas, lo que quieran: pulgas. He ahí lo que nos manda incesantemente el Creador desde arriba en prueba de su amor por nosotros. En Colombia mantenemos su nombre en la boca: «Que Dios lo bendiga», le dice aquí todo el mundo a todo el mundo como si Dios fuera un papa bendecidor, un Juan Pablo II, azuzador de la paridera y gran repartidor de bendiciones, que regaba a diestra y siniestra como con una manguera borracha.

Claire es una señora francesa de mi edad, dulce y muy frágil, y quiere a los animales como yo. A Brusca mucho, y Brusca a ella. Cuando nos la encontramos, camino al parque de La Matea, Brusca se le abalanza, le pone las patas delanteras en el pecho y le da un lengüetazo en la cara, uno de esos besos suyos que me niega a mí. Un día al brincarle la tumbó y la quebró. Mes y medio la tuvieron hospitalizada para medio ponerla a andar. Temo terminar así, incluso peor que ella, con el occipital rajado contra el duro suelo de la obtusa Tierra y el cerebro despedazado, dispersándoseme los sesos y las ideas por sobre la sutura lambdoidea. ¡Líbreme Dios del amor de mi niña! Me he visto muerto en varias ocasiones y en diversos puntos de mi casa y del mundo de afuera: tumbado por ella en la escalera, o en uno de mis patios, o en el otro, o en mi cuarto, o en el otro, o en un corredor, o en el otro, o en el comedor, en la cocina, en el cruce de la Avenida Nutibara con la Jardín, peligrosísimo y donde, en vez de seguir ella a mi lado contenida por la traílla como veníamos cruzando por la zebra de los peatones, se me atravesó por delante y me fui de bruces. No nos aplastó un camión cargado de hierros puntiagudos porque Dios es muy Bueno.

Cierren los ojos e imaginen esta escena que tuvo lugar en una banca del parque de La Matea mientras conversaba yo con Claire y la iluminaba respecto a la gravedad, la luz, Dios y el Universo y la llamada «materia», volando pájaros pasajeros en las copas de los altos árboles y fluyendo mis ideas y palabras como pocas veces se me da por culpa del alzhéimer que me contagió Vélez. Estábamos en la banca distribuidos así: Brusca en el extremo izquierdo; Claire en el derecho; y yo en medio sosteniendo a la salvaje por la correa del cuello, a la que le ato la traílla. La agarraba fuerte con la mano izquierda no se me fuera a zafar y echara a correr porque si se sale del parque en la primera calle me la mata un carro y prefiero morirme, e igual si se me pierde, esos choques anímicos no los resisto yo. Amo a la vida, sí, con todo y lo fea que es, gracias al amor que le tengo a ella. Un amor no correspondido por lo demás pues la cuatro patas no me quiere, y si me quiere no lo manifiesta. Duerme en mi cama a mi lado un par de horas y ni una más: salta de mi cama a la suya y no hay forma de hacerla volver en lo que resta de la noche. «Ven, Brusquita, que estoy enfermo, solo y viejo». ¡Como si le hablara a las paredes!

Estando en mis disquisiciones cósmico-teológicas con Claire de oyente, pasó un perro grande en carrera desaforada por el lado de Brusca rozando la banca y desafiándola a correr. No me di cuenta de que venía y he aquí que Brusca acepta el desafío y me da un tirón monstruoso para zafarse. No la solté pero poco faltó para que me arrancara el brazo y me dejara como el manco de Lepanto. «¡Me quebró la mano! —grité—. ¡No tocaré nunca más el *Concierto para la mano izquierda* de Ravel con la Filarmónica de Berlín!»

¡Si Brusca pudiera andar suelta a mi lado como cualquier perro normal, cuán feliz me habría hecho! Pero no. Veía a un perro y se le quería montar en el lomo como un león para tumbarlo y revolcarlo en el polvo de la polvosa Tierra y armar una polvareda como las de Marte. Para ella eso era jugar. Pues lo que consiguió con su comportamiento incivil y salvaje fue que le prohibiera de por vida el juego con sus congéneres. Cuestión de supervivencia. Suya y mía. Desobediente y brusquérrima me resultó. ¡Y qué importa, la amaba! Era una niña buena e inocente y así lo fue hasta el final. ¡Qué diferencia con la maldita Milly, una perrucha faldera podrida de odio, hija de unos sobrinos bisnietos míos, y que la última vez que la vi me quiso morder! ¡Claro, porque yo era el papá de Brusca, a la que la perrucha le tenía envidia! Y como se sentía respaldada por sus dueños, un matrimonio de alcahuetes sin hijos... «Si me muerde este engendro de animal, fueron ustedes los que me mordieron, aténganse a las consecuencias», les advertí. Era una mala perra muerdenalgas. Una Íngrid Betancourt de cuatro patas.

Pronóstico cósmico: los agujeros negros del Universo acabarán por fundirse en uno solo cuya gravedad monstruosa impedirá todo movimiento de sus galaxias y estrellas y detendrá la expansión acelerada del espacio, provocada según los astrofísicos cosmólogos por la energía oscura, contraparte de la materia oscura, así llamadas estas postulaciones quiméricas porque no se ven, ni con los ojos ni con los instrumentos. Un astrofísico cosmólogo es más falso y estafador que un político, que un médico, que un cura y que un pastor protestante juntos. Y los del CERN de Ginebra dicen que han logrado producir, en el chispero que provocan haciendo chocar partículas subatómicas que duran millonésimas de segundo, la antimateria, que en vez de protones y electrones tiene antiprotones y antielectrones.

Ya sé que existe el Anticristo porque lo llevo adentro. ¿Pero existirá también un AntiDios? ¿Un AntiCreador de un AntiUniverso?

Le planteé el caso de Milly a una bruja amiga mía del barrio Antioquia (de putas) y me lo resolvió clavándole unos alfileres grandes a un monigote de trapo grisáceo inspirado en la descripción que le hice de la malvada perra, y en el acto esta perrufa de carne y hueso, que estaba a varios kilómetros de distancia con sus alcahuetes dueños, cayó fulminada. Odiaba a Brusca porque la veía grande, fuerte, noble, bella y amada por cuantos la conocían, siendo ella una brujarrasca de pelambre erizada por el odio y la envidia que albergaba en su negro corazón. Cuando llegaba yo con Brusca, la faldera rompía en una catarata de ladriduchos chillones acompañados de un vómito verdoso. Ningún caso le hacía mi niña. De un manotazo la habría podido mandar al Valle de Josafat. Y hay más, todavía. Brusca no solo era noble y bella sino que también sabía posar para la prensa. Los periodistas la amaban. Salió en la carátula de no sé cuántas revistas, que hice enmarcar. Tengo las paredes de un cuarto del segundo piso llenas de sus apariciones mediáticas.

Reflexiones postkantianas sobre el Espacio y el Tiempo. El uno no lo podemos concebir sin el otro, así como no podemos concebir el Hemisferio Norte sin el Hemisferio Sur. Mi yo interior transcurre en el Tiempo; mi yo corporal existe en el Espacio. El Tiempo es de mi sola propiedad y solo corre dentro de mí, pero el Espacio, que está quieto, lo comparto con todo el Universo, cuyo centro está en el que aquí dice «yo». Yo, yo, yo. Soy yoísta. Definición de *aquí:* donde esté yo. Definición de *allá:* donde esté el resto. Ejemplo de *aquí:* «Estoy aquí en mi cuarto con Brusca». Ejemplo de *allá:* «Allá en la galaxia de Andrómeda hay un planeta llamado Krypton, donde nació Superman». Corrijo. *Hay* no, *había,* porque a Krypton lo destruyó un cataclismo local poco después de que los padres del bebé Superman lo mandaran a la Tierra en una navecita espacial para salvarlo. *Tiempo:* espejismo del Espacio. *Espacio:* espejismo del Tiempo. *Espejismo:* espejo que se mira a sí mismo en sí mismo, una especie de Donald Trump, tipejo asqueroso.

Ahora estoy acostado con Brusca en mi cama abrazándola y mirando las vigas del techo de mi cuarto encalado de blanco mientras reflexiono sobre mi vida y los que quise y perdí en tanto iba perdiendo la fe y la esperanza. Y mientras más grande era mi hundimiento y desolación más quería a esa perrita o perrota que tenía a mi lado abrazada dándole mi amor, mientras ella lo aceptaba con resignación.

Yo no podía dejar a Brusca huérfana, pero dado lo mala que es la humanidad, y en concreto de Colombia, la vida se me había hecho invivible. Esto se llama un dilema. La Muerte lo resolvió llevándose primero a Brusca y luego a mí, ayudándome a jalar el gatillo en la catedral. Y mientras Dios veía desde el cielo mi Oficio de Tinieblas abajo con la Parca, un ejército de sombras me aplaudía y ardía el tenebrario.

Imposible decir a cuál de mis perras quise más, si a Brusca, a Bruja, a Kim o a Quina. A todas las quise con un amor inmenso y las ayudé a morir en tanto me iba muriendo yo con ellas. Los ojos de Quina se quedaron abiertos porque en mi desesperación no se los cerré. Se la llevaron los enterradores y me seguirán mirando hasta que la Muerte se apiade de mí y me cierre los míos y me coman las llamas del crematorio envuelto en la cobijita roja de Avianca, una compañía aérea poco recomendable sea dicho de paso. Malditas sean las madres y el mal que nos han hecho, la fuente de todos nuestros males disfrazada de bien supremo: el don de la vida, que es el don de la muerte. Desde que nacemos nos estamos muriendo. No me alcanzarán las palabras de este idioma en bancarrota para expresarles mi asqueamiento por esas criaturas perniciosas que en su Maldad Infinita creó Dios el Misógino, que nunca quiso a Eva. Incluso ni siquiera la creó, la sacó de una costilla de Adán.

Dios no existe, ni Cristo existió, ni Newton formuló ninguna Ley de la Gravedad que los que nunca han leído sus *Principios matemáticos* le han venido atribuyendo desde hace siglos. Ni Einstein entendió un carajo de la luz ni de nada. Ni Darwin sabía que provenía de un óvulo fecundado por un espermatozoide y le dio por explicar la Evolución. Ni el cine es un arte, ni la música es universal. Música es la que me gusta a mí y el resto es ruido.

¡Pero qué podemos esperar de la humanidad, una especie obtusa que vive de mentira en mentira y de mito en mito! Reflexiónese, por ejemplo, en la patraña del llamado Jesús o Cristo o Jesucristo. No existió. Y a falta de uno existieron veinte, pero en las mentes de los que los inventaron. Hoy las tres cuartas partes de la humanidad siguen irredentas. ¡Mandar el Padre Eterno a su Unigénito a este planetoide nuestro tan insignificante, minúsculo, a que se lo colgaran los judíos de dos palos como acabo de explicar arriba! No albergo en mi corazón ambiciones de poder ni de riquezas. Me conformo con extirpar de nuestra desventurada Tierrícula la Cristofilia, promotora de incontables crímenes que durante los dos mil años de redención se han cometido en su nombre: torturas, envenenamientos, masacres, genocidios... En estos instantes en que escribo el desvergonzado Bergoglio, el argentino, el pampeano, el muy hipócrita, anda en Canadá pidiendo perdón por el secuestro de 150 mil niños indígenas y el enterramiento clandestino de miles de ellos en los internados católicos de la provincia de Alberta, regentados por curas y monjas durante un siglo, en los llamados «procesos de asimilación» ¡a la civilización cristiana, como llaman a esa barbarie! Millares de vidas inocentes arruinadas por los esbirros de los déspotas vaticanos puestos al servicio de los gobiernos canadienses. A Bergoglio lo eligió el cónclave de travestis purpurados porque era argentino, latinoamericano, y hablaba un italiano dialectal aprendido de su familia; y porque la Iglesia de Roma, en plena bancarrota, estaba perdiendo Latinoamérica, su último bastión, a manos de las sectas protestantes. Comparado con su antecesor Ratzinger, Bergoglio no daba ni para cura párroco de Cañasgordas, un pueblucho perdido en las montañas antioqueñas llamado como digo por los penes gordos de sus habitantes.

En un comunicado del Observatorio Astronómico de la Santa Sede sobre las primeras fotos dadas a conocer por el nuevo telescopio espacial James Webb, el astrónomo vaticano dice: «La ciencia en que se basa este telescopio es nuestro intento de utilizar la inteligencia que nos ha dado Dios para comprender la lógica del universo. El universo no funcionaría si no tuviera esta lógica. Pero como muestran estas imágenes, el universo no solo es lógico, sino también hermoso. Esta es la creación de Dios revelada a nosotros, y en ella podemos ver tanto su asombroso poder como su amor por la belleza». ¿Nuestro intento? ¿El intento de los que quemaron a Giordano Bruno por sostener que las estrellas eran soles como el nuestro, y de los que algo después quisieron quemar a Galileo por sostener que la Tierra giraba en torno al Sol y no al revés? ¿Y la creación de Dios revelada a nosotros? Que yo sepa los que pusieron en órbita el James Webb y nos revelaron las fotos fueron la Agencia Espacial Europea, la Canadiense y la NASA. Desde el Big Bang, que ocurrió en un chispazo hace catorce mil millones de años, Dios es un zángano y no trabaja. Se la pasa rascándose las pelotas. ¿Y su amor por la belleza? ¿Se les hace muy bello un agujero negro que se traga hasta al Putas? ¿Y la lógica del Universo? No la tenían ni Aristóteles ni Tomás de Aquino, ¿la va a tener esta cosa obtusa y monstruosa? Más impúdico y cínico y estúpido no podía ser el comunicado. El Vaticano es una empresa criminal que no sé por qué Israel no ha destruido con una bomba atómica para cobrarles la persecución de miles de años a sus ciudadanos, los circuncisos.

Tras un día fatal, muerto de cansancio y fiebre y más maldiciente que lo usual, estaba barriendo en la acera lo que me dejan de regalo diario mis conciudadanos, cuando se detuvo un carro grande de vidrios oscuros, una especie de carroza fúnebre, frente a mi casa, y bajaron de él sus ocupantes: dos malas clases, uno con tipo de mafioso y el otro de sicario. Ambos de gafas negras. Y entre duda y asombro me preguntaron si era el escritor.

—No —les contesté—. Ese era Manuel Mejía Vallejo, pero ya murió.

—Que sí es usted.

—Que no.

—Sí es.

—Bueno pues. Sí soy. Yo soy yo.

¡Qué alivio para ellos y para mí! Descansamos de discusiones. Y muy sonrientes los malencarados me pidieron que si se podían tomar un selfi conmigo.

—¡Pero claro, qué gusto me da salir en cámara con gente tan distinguida! Bien puedan. ¡Háganle!

Se quitaron las gafas para que su público viera que era verdad que se habían retratado conmigo. Y yo sin soltar la escoba por humildad. Y nos tomamos el triple selfi muy sonrientes. Volvieron los autosélficos al carro agradecidos, y al despedirse el más joven me dijo que había leído un libro mío: *La vaca*.

—¿*La vaca*? —pregunté extrañado.

—Sí. *La vaca*.

—Ha de ser un libro muy viejo, porque no me acuerdo bien de él.

Y arrancaron echando humo por el mofle y dejando al autor de *La vaca* en una negra nube de incertidumbre y smog. ¿Tendría alzhéimer? *La-va-ca*. Tres sílabas. Imposible que yo le hubiera puesto a un libro mío semejante trisílabo estúpido. Y volví a la casa cerrando la reja y el portón con triple llave porque vivimos en un país de ladrones. ¿Cuántos selfis se habían tomado conmigo sonriendo en el transcurso del día? «Veinte», se dijo. Pero ni se acordaba. Probablemente estaba confundiendo los del día en cuestión con los de toda la semana. Tenía la memoria inmediata apagada, y la lejana borrada.

Humilde sí. Andaba con los pantalones rotos por detrás y por las rodillas pero no porque los hubiera comprado así pagando un dineral para estar a la moda, sino porque la moda, que va y viene como el péndulo de Foucault, con los años alcanzó al viejo por detrás. «No hay que moverse —se dijo en voz alta el viejo—. Hay que quedarse quieto, que todo nos va llegando a su tiempo». Y se fue a escribir otro capítulo de su *Conjura contra Porky*. Un transeúnte, que pasaba en esos instantes por su acera, al oírlo decir lo que dijo se preguntó: «¿Está hablando por celular? ¿O se está hablando a sí mismo este viejo loco?» Y siguió su camino por Medellín y la vida. «¡Falso que esté loco! —les dijo el viejo indignado a sus futuros biógrafos en voz alta para que lo oyera la posteridad—. Mis libros no se dividen en capítulos. Son chorros continuos como cuando orino». Y tomó el bolígrafo y le vació una bacinillada de insultos a Porky. ¿A cuál de todos, si Porkys es lo que produce Colombia? «Ya no soy Funes, el Funes memorioso —se dijo—. Vélez me contagió el alzhéimer». Y sí. Se lo había contagiado. Como biógrafo oficial suyo después de tantos años de muerto mi biografiado, yo doy fe de eso. «¡Ya sé!» gritó el viejo como cuando Arquímedes salió de la bañera en pelota a la calle gritando «¡Eureka!» Un chispazo de la memoria le había soplado al oído a qué Porky estaba insultando: a un quídam con cara de marranito al que, en vez de ser acuchillado y asado a la leña por los festejantes el 24 de diciembre en medio de una gran borrachera por el nacimiento del Niño Dios, el cura Uribe, el todopoderoso, había dispuesto otra cosa: alzar del culo al asqueroso para sentarlo en el solio de Bolívar a gobernar, esto es: a recaudar, a obstaculizar, a gravar, «a hacerle el mal a Colombia, que es lo que este puerco país se merece» se dijo el viejo. ¡Qué iba a estar loco el viejo! Lo que era era lúcido. Las cosas no son como el vulgo ignaro cree sino distintas.

Newton no formuló la ley que le atribuyen, nunca habló de multiplicar las masas. Nunca dijo, ni con palabras, ni con teoremas, ni con ecuaciones (que por lo demás no usaba), que había que multiplicar las masas de dos cuerpos sino únicamente, y lo trató de probar con teoremas geométricos a lo Euclides, que la fuerza de gravedad de uno de ellos sobre el otro (la del Sol sobre la Tierra por ejemplo) disminuía según la distancia que los separaba elevada al cuadrado. No bien murió, la humanidad se olvidó de su inútil concepto de fuerza para referirse al peso de un cuerpo, o si prefieren a la gravedad que produce o que padece. Con «gravedad» sola basta, sobra «fuerza». Newton convirtió la palabra «fuerza» de la vida diaria en un término filosófico, metafísico, innecesario y tramposo, y lo introdujo en la física y en la astronomía, en las que salía sobrando.

Los abusivos teoremas geométricos del pelucón Newton no permiten ni siquiera decidir a qué velocidad tiene que salir disparado un cohete para poder entrar en órbita de la Tierra, o para irse a la Luna o a la quinta porra. Ni tampoco permitían postular, en el siglo XIX, la existencia de Neptuno, un nuevo planeta solar, el octavo, desconocido entonces. A Neptuno lo descubrió Johann Gottfried Galle porque lo vio en el telescopio, en Berlín, y no porque Urbain Le Verrier le hubiera propuesto por carta enviada un año antes desde París, como siguen sosteniendo hoy día los Velezsabios. Los pretendidos cálculos newtonianos de Le Verrier hoy no los conoce nadie. Si Le Verrier sabía en qué región del cielo estaba un planeta desconocido que perturbaba la órbita de Urano, ¿por qué no lo buscó él mismo en el telescopio del Observatorio de París que él mismo dirigía, sin tener que pedirle a un colega alemán que lo hiciera en el de Berlín?

El mito de que el descubrimiento de Neptuno se debió a los cálculos newtonianos de Le Verrier se puede comparar en el siglo XX a la dilatación del tiempo postulada por Einstein, cuando se pretende explicar con ella la irregularidad de 43 segundos de arco cada siglo en la precesión de Mercurio. Sin prueba experimental ninguna este charlatán exempleado de una Oficina de Patentes y protegido por Max Planck se sacó de la manga la dilatación del Tiempo como un prestidigitador se saca un conejo. ¿Y con qué se prueba que el Tiempo se dilata o se encoge si no es con relojes? ¿Y con qué se calibran los relojes si no es con otros relojes? Del pantano de los *Principios matemáticos de filosofía natural* de Newton no se saca agua limpia para tomar, ni de las dos Teorías de la Relatividad del bellaco Einstein y sus experimentos pensados. No lo puedo creer. ¡Qué es esta marihuanada de los experimentos pensados! Un experimento que se queda en pensado es como un polvo no echado. Un experimento solo lo es cuando se hace. Y echado el polvo de semen descansa la bestia, pero que no fertilice esa leche envenenada a una paridora de la especie *Homo sapiens* porque constituye tremendo pecado contra la placidez de la materia. El primer mandamiento de mi moral dice: «No te reproduzcas, patidoble, porque eres feo, puerco y malo». Y el segundo: «Los animales son tu prójimo. No te los comas, hijo de puta, asqueroso y mierdoso».

Y como si con la fuerza de la gravedad no bastara para que viviéramos eternamente embrollados, los físicos de partículas subatómicas nos han salido últimamente con otras tres, las nucleares, a saber: la débil, la fuerte y la electromagnética. La palabra *fuerza* sirve bien en la vida, como cuando decimos: «Esta yunta de bueyes tiene fuerza suficiente para arrastrar esa carreta de cadáveres pestíferos». Y sirve también para la filosofía, que es embrolladora y ociosa. Pero no para la física, salvo que pensemos que la física tiene mucho de filosofía, que es lo que yo creo: enredo de palabruchas pretenciosas. Por fortuna los filósofos están en vías de extinción. Los poetas no: ya se extinguieron, como el cóndor de los Andes. Seguirán por el camino de la extinción los novelistas y los físicos. ¡Qué par de plagas estas para la sufrida humanidad! No más premios literarios ni más universidades. Que se acaben esas sinvergüencerías de la corrupta era computacional. Y sigo porque no he terminado. Gastada por el uso la palabra «fuerza», los físicos de partículas la han venido cambiando por «interacción». ¡Qué palabrucha más estafadora y bellaca! La falsedad comprimida en cuatro sílabas. No tapemos lo que no entendemos ni podremos entender nunca con la fatuidad de las palabras. El tiempo de los relojes no es el Tiempo. El Tiempo es inasible, no se deja apresar, se nos escapa. Pero por donde pasa hace estragos.

Iba, venía, subía, bajaba, mandaba, paría. Dios no tenía control de esa demonia. Lía lo uno, Lía lo otro, Lía Rendón. Tal el nombre a que respondía la que me parió. ¡Qué apellido horrendo! Imposible más. Me suena a güevón, cabrón, religión, nación... Mi abuelo Rendón (al otro no lo conocí) nos daba fuete con un zurriago cuando nos veía felices tumbando paredes. La dicha ajena, la de unos niños traídos a un valle de lágrimas, le amargaba su vida sosa, huesuda y calva. Y sin embargo cuando recibí la noticia de su muerte estando yo en Roma, con un océano de por medio, se me salieron las lágrimas: unas lagrimitas rodaron como perlas por mis mejillas. Hoy esas lejanas lágrimas se las atribuyo a mi naturaleza bondadosa, que con el correr de los años y el conocimiento del ser humano, y muy en especial del colombiano, se fue agriando.

A los dieciocho hijos hombres y dos mujeres (veinte vástagos en total), la multiparturienta madre que les digo nos educó en el carnivorismo judeocristiano, y nos alimentaba con costalados de salchichas que compraba al por mayor en una salchichonería de unos lituanos prófugos de Stalin, que quedaba en una calle en pendiente, pero no la recuerdo bien, ando muy desmemoriado, con la memoria atestada de marcas de productos malos (como los que venden, digamos, en los Almacenes Éxito de Colombia) y de medicinas falsas (de las que la industria farmacéutica mundial nos tiene invadido el país porque aquí no producimos sino coca), y que tengo que memorizar para no volverlas a comprar. «No te acepto una basura más —me dice mi cerebro enfurecido—. No soy un desván de muebles viejos ni un basurero de chanclas sucias, respétame. O sacás todas esas porquerías de aquí, o te borro el número de tu cédula de ciudadanía». Lo cual equivale en Colombia a cortarle a uno el pipí. Aquí uno es un número y lo demás son cuentos, género literario que desprecio profundamente porque va llevando engañosamente al lector hacia el final para salirle a uno con cualquier engaño. Un cuento siempre va hacia un final, una novela no necesariamente, como esta, que va fluyendo frase tras frase como agua limpia de la fuente, libre de paja y embustes.

En esta foto del álbum de mi familia que les estoy mostrando me pueden ver vestido para la primera comunión a los seis años. Pero por qué tendrá esta mancha amarilla la foto, ¿sí la ven? ¡Porque la orinó Capitán! Nuestro amado Capitán que iba alzando la pata y soltando el chorro en lo que encontrara, así fuera una virgencita de Fátima. Ese niño de trajecito negro y camisa blanca de cuello suelto sin corbata, y que tiene en una mano un cirio grande chorreado de cera y con un moño rojo, y colgando en el brazo de la misma mano un manípulo bordado de muchos colores pero en blanco y negro, ¿era yo? Ustedes lo han dicho: era yo, el que les habla, un niño hermoso y muy católico. Quería ser papa, pero no presidente, eso no, por ser esa porquería no le dio. Papa para que lo incensaran los otros niños, sus acólitos o monaguillos, que de ambas formas se les llama. Ya era pues el personajillo todo un pederasta con clara tendencia hacia sus congéneres de edad o coetáneos, su corte de pajizos. Pero creció, maduró y se curó. Hoy es un viejo verde mujeriego con tendencia a las putas, ciento por ciento ortodoxo.

Hay un fantasma que desde la galaxia Rueda de Carro me mira en la franja de los rayos X del espectro electromagnético, lo cual le permite atravesar los muros de mi casa y ver adentro. Sabe quién soy, sabe qué pienso, sabe qué he hecho y qué haré, pues cuando le digo que lo que me falta es irme a la catedral a sellar mi destino me contesta:

—¡Valiente información la que me das! Lo sé desde siempre, lo estoy viendo en un presente pasado o en un pasado presente. Hiciste lo que tenías que hacer en la iglesiota esa de ladrillo, y ahora te estoy hablando en pasado pero en presente, desde lejos pero cerca. Estamos a miles de millones de años luz de distancia, que se tardan otros tantos en llegar. A que no sabes por qué. Es porque los terrícolas tienen muy enredados los tiempos del verbo y lo confunden todo. El Verbo es el Tiempo, pero por mi condición esencial solo existo en Presente.

—Me dejás muy confuso. Estaba convencido de que el que te habla estaba muerto, y ahora me salís con que tengo que seguir arreglando daños y pagando cuentas y toreando impuestos. ¿Y vos quién sos? No me digás ahora que Dios.

—Soy el que Soy. Yo soy Yo, Aquí y Ahora y Siempre y en Todas Partes y en Presente. Y aunque me pronuncio en minúscula, me escribo siempre en mayúscula.

—¡Ay, tan pretenciosito el fantasmagórico! Tené mucho cuidado por donde andás, güevón, no te vayás a quemar la cola con un cuásar.

—Y tené vos mucho cuidado con el cuchillo con que estás pelando las papas porque te podés cortar el índice. ¿Y con qué vas a jalar entonces el gatillo del revólver con que amenazás?

—Con el dedo medio.

—A ver, con qué mano te santiguás, decime: ¿con la derecha, o con la izquierda?

—Pues con la derecha, no soy zurdo.

—Ponelo en obra. Echate la bendición, yo veo.

—«En el nombre del Padre», y me toco la frente. «En el nombre del Hijo», y me toco el pecho. «Del Espíritu Santo», y me toco el hombro izquierdo; «Amén», y me toco el derecho.

—Pues los cristianos orientales se tocan primero el hombro derecho y después el izquierdo.

—Serán maricas ellos... Me recuerdan a Octavio Paz que mantenía la manita derecha quebrada en el pecho. En su pecho de poeta. Pero aprovechando que estás aquí, vos que sos tan difícil de ver, explicame por qué el virus de la viruela del mono en un microscopio se ve como la galaxia Rueda de Carro en un telescopio.

—Porque son una sola y la misma cosa, espejismos de la materia.

—Comprobámelo con un algoritmo y hago que te den el Premio Nobel de Física.

—Al Ser Supremo, al Creador de cuanto existe y más, le importan un bledo los Premios Nobel. ¡Dinamitas a Él, al Más Grande, al que explotó en el Big Bang!

Las francesinas del patio llevan meses florecidas gracias a la lluvia que no cesa. Llueve y llueve, llueve de día, llueve de noche, llueve al amanecer, llueve al atardecer... Aquí ha llovido más que en el Diluvio Universal. Tres años lleva la lluvia importuna dándole que dándole. Tumba casas, tumba puentes, desmorona edificios, despedaza carreteras, derrumba montañas... Pero nuestros políticos siguen viento en popa muy campantes, cobrando y robando, robando y cobrando.

Escasos muertos por los derrumbes, eso sí. Poco le ayuda esta población proliferante a la Muerte. Producen siempre más de lo mismo, no colaboran. Tienen alma de damnificados. Piden y piden pero nunca dan. Las madres y las abuelas viven al día de las vaginitas de sus niñas y de los culitos de sus niños, los prostituyen. La Iglesia calla, el Estado calla, la Prensa calla. Y nada ven porque no quieren. Construyen bibliotecas, y aquí nadie lee; pasos a desnivel, y atracan al que pase; puentes, y se la pasan de puente en puente para no trabajar. «Aquí vivimos muy bueno», dicen. ¡Cómo no va a ser este el país más feliz de la tierra!

En fin, como no hay mal que por bien no venga, nuestro diluvio universal ha hecho florecer mis francesinas, que llevaban años haciéndose de rogar. Las tengo en el segundo patio cuyas paredes, como las del primero, cubren enredaderas de la especie *Ficus pumila,* que aquí llaman «enredaderas moneda», pero que puesto que no dan monedas sino hojas yo las llamo «hiedras hojarasquinas»: hojas y hojas es lo que dan, por costalados, por camionados, cual producen hijos los pobres de Medellín sin parar. Por lo menos gracias a la fotosíntesis mis enredaderas convierten el smog de esta ciudad hollinosa en hojarasca, pero que he de barrer a diario yo, sin que por ello descuente un centavo como exención ecológica de impuestos, como debía ser, la sinvergüenza DIAN: Departamento Inmundo de Atracadores Nacionales.

En pago a mi devoción ciudadana me suben año con año el impuesto predial, el impuesto a la devaluación del peso (aquí el ciudadano no puede tener cuentas bancarias en dólares) y el infame impuesto a la riqueza por ser propietario de una casita con dos cuarticos, con dos bañitos, con dos patiecitos y unas maticas. Pues bien, en el segundo patio de la mansión, y en el ángulo derecho que forman dos paredes cubiertas por sus correspondientes enredaderas, se levanta un limonero que tiene casada una pelea a muerte con ellas. Ellas lo arrinconan a él tratando de montársele con sus prolongaciones aéreas, pero él, que no es una perita en dulce que digamos, a su vez las quiere invadir a ellas con sus ramas erizadas de espinas. Trato de separar a los contendientes y ahí fue Troya: las púas asesinas del limonero me pinchan una vena de una mano y en estos instantes en que escribo me estoy desangrando y escribiendo con tinta sangre alimonada. A ver si no se me infecta la herida, me da gangrena y me tienen que cortar el brazo con la correspondiente mano. Este limonero es malo como la perra Milly y el ruso Putin. La una por fortuna está en las últimas; el otro sigue vivo y es de una mala leche mamada de la KGB que lo engendró y parió, su padre y madre. La maldad es propia del ser vivo. Incluso hay flores carnívoras que cuando se les para encima un insecto atraído por sus colores putanescos cierran sus pétalos para atraparlo y devorarlo. Papa Francisco igual, carnívoro: come pollo, come cerdo, come pez, come res. Los filetes para sus churrascos se los traía la difunta Alitalia, que le consentía todos sus caprichos. Hoy vaya a saber Dios qué aerolínea alcahueta se los traiga, yendo a Argentina sin filetes y volviendo de allá cargada de ellos. Y mientras el vil pontífice devora la carne de sus hermanos cuadrúpedos transido de nostalgia por la patria lejana, y haciéndose llamar Francisco, el santo de los animales, se le chorrea la sangre por las comisuras labiales. Pero la Curia no lo deja fotografiar comiendo. No quiere que lo veamos en un acto tan feo e indigno de un pontífice. Cuando a la Curia le conviene, el papistrato es su cómplice. Y cuando no, su enemigo. Un papa que se respete debe dejarse morir de hambre, como se dejaban morir de hambre los albigenses por amor a Cristo. Que aprenda de ellos Francisco. No tiene por qué comer. El papa es mensajero de Dios, como Mahoma. Tiene línea directa con el Mandamás, el Supremo.

Por fin anoche dormí bien, libre de preocupaciones tributarias: soborné a dos funcionarios. Y la conciencia no me pesa, soy feliz. Me fui en la mañana muy tieso y muy majo a La Alpujarra (el Centro Administrativo de la ciudad, un hervidero de burócratas) y compré a dos funcionarios de la DIAN (Dirección de Impuestos y Aduanas Nacionales) para no pagar impuestos el año entrante porque me niego a aceptar, con indignación ciudadana y con toda razón, la atropelladora Reforma Tributaria de Porky Petro, nuestro nuevo Porky, el sucesor de Porky Porky. Una reforma mil veces reformada, para subir año tras año, mes tras mes, los impuestos, y que tengan de donde mamar los funcionarios. Del parasitismo público trata mi novela *La vaca*. Creo, no estoy seguro. Sé que existe. Me la mencionaron ayer. O antier.

Desangrante para los ricos, empobrecedor para la clase media que nos sigue en el escalafón, y desaparecedor para la clase baja que sufre y llora, el Estado solo existe para dañar y empeorar. Ni monarquía, ni tiranía, ni dictadura, ni democracia, ni cleptocracia: el Estado, que las resume a todas en una sola entidad, a todos nos hace mal. Solo entregadas a la anarquía las naciones persistirán, y florecerán en el libertino caos. La anarquía es terreno fértil para el ingenio humano, la recomiendo mucho.

Segundo Artículo de mi Reforma Constitucional: Mientras menos pobres mejor vivimos. ¡Mueran los pobres!

Tercer Artículo: Se recomienda la coima: abuele la burocracia. México prosperará. Y Colombia. Y Paraguay. ¡Las naciones! El verbo «abolir», entre otras cosas, se conjuga como lo acabo de poner, no como recomienda la RAE. La RAE solo sirve para raer. Dizque yo abolo, tú aboles, él abole... No. Debe ser: yo abuelo, tú abuelas, él abuela... Yo tengo más oído para el español que la RAE. Yo rao, tú raes, él rae, la Santísima RAE rae... Y al raer la RAE les saca pelos y brillos a las superficies que rae, y al limpiarlas ¡les da esplendor!

El que me oye hablar a mí cree en mí de inmediato, desde que empiezo a mover la lengua. ¡Con esta presencia mía de alemán! ¡De káiser de bigote enhiesto que me gasto! Me veo como un daguerrotipo del Ochocientos, de una majestad imponente... ¿Impuesticos a mí? ¡Mal nacidos, miserables! ¿Por qué impuestos a mí? Colombia está en deuda conmigo y no al revés, yo no le debo nada a esta entelequia bellaca. Ni un centavo de mi fortuna irá a alimentar su tracamanada de funcionarios oficiales, sanguijuelas ávidas que nos están chupando la poca sangre que nos queda. Tres ejemplos entre los millones que pudiera dar: Uno, la alcaldesa de Bogotá, casada con una senadora. Dos, dicha senadora y todas las senadoras y senadores de la Res Pública. Y tres, el pestífero alcalde de Medellín, Quintero, que trajo a la ciudad industrial de Colombia la COVID (que enuncio en femenino para expresar más desprecio). Y cuatro, ya metidos en gastos, el presidente de la Res Pública, que no es una res, como pudieran pensar los etimologistas despistados, sino una vaca lechera, la más lactífera, la ubérrima, de cuya próvida ubre campeona maman todos estos hijos de sus madres, que en paz descansen. Me niego a alimentar parásitos públicos. No pago impuestos. Mátenme.

Porky Petro debutó de mozalbete como soldado raso del M-19, los pandilleros que se robaron la espada de Bolívar de un museo y quemaron el Palacio de Justicia con cien adentro. Mas pronto vio el culicagado o piernipeludo (que de ambas formas se le llama en colombiano a un chicuelo) que con la violencia no iba a llegar a ningún Pereira y cambió de rumbo. Y a punta de lengua y labia, sin haber sacado adelante ni una tienda de barrio, el exculicagado se hizo elegir senador de la Res Pública, alcalde de Bogotá y presidente de Colombia, de la res, la vaca, lo máximo, lo insuperable. ¿Insuperable? ¿Qué estás diciendo, insensato? A este Pinocho profesoral y fanfarrón le queda faltando la Presidencia Vitalicia, la que propuso Bolívar para Bolivia cuando la fundó. Para poderles hacer a cabalidad el bien a los colombianos, a Pinocho no le bastan cuatro años, ni ocho, ni dieciséis. Necesita un siglo, un milenio, dos o tres unidades geocronológicas, un eón teosófico... ¡O sea muchísimo más de lo que necesitó Fidel Castro para hacer de Cuba una potencia mundial! Paso a la espada de Bolívar.

La espada que se robaron los pandilleros del M-19 de un museo nunca la usó en vida su dueño, que no mató ni un solo español con ella ni la cruzó con nadie en su ambiciosa vida. Veía las batallas desde un altico, desde un cerrito, desde un montecito. La noche en que pudo cruzarla con los conjurados de la «nefasta noche septembrina», como la llaman los gestores de la llamada «Historia» con mayúscula, saltó de su cama en camisón de dormir a ver qué pasaba, qué batahola era esa en su Palacio de San Carlos a tan importunas horas, y asomándose por una cortina detrás de la que se escondía, y captando la gravedad de los hechos, sin pensarlo dos veces y escogiendo entre la vida y la muerte instintivamente puso pies en polvorosa. Saltó por un balconcito de no más de un metro y veinte, y dándoles vuelo a sus pies alígeros corrió a refugiarse bajo el puente de una quebrada (arroyo) que arrastraba unas aguas negras (mierdosas), donde el héroe pescó la tuberculosis que lo mató (la tisis). Lo último que dijo fue: «Colombianos: Mis últimos votos son por la felicidad de la Patria. Si mi muerte contribuye a que cesen los partidos y se consolide la unión, yo bajaré tranquilo al sepulcro». Lo de «tranquilo» hace la frase de una imposibilidad ontológica absoluta, cantinflesca. Para que se consolide la unión de los colombianos (hoy estamos más desunidos que nunca) se necesitan décadas, siglos, eones. ¿Pensaba el Libertador vivir eones para poder bajar «tranquilo» al sepulcro? Nooooo, Libertador. Vivir es muy difícil, y morir ni se diga. ¡Qué más quisiera yo que morir tranquilo! Tranquilo no muere un suicidado. Morimos entre sombras y lucecitas de vitrales que se apagan.

Yo me apago, tú te apagas, él se apaga... ¿Así está bien conjugado «apagarse», señores raes? ¿Señorías? ¿Altezas reales?

Todos vivimos y morimos intranquilos. La intranquilidad es constante de la vida humana. Y de la de los animales.

Los animales también viven a la defensiva, en constante alerta. ¡Los amo! Este amor mío por ellos se lo lego a la Historia. Eso, sin necesidad de más, me salva, me asegura un lugar, me pone en ella. Eso solo basta para entrar en el canon. Más mis doctorados, claro, que son veintenas. Me están faltando el de Cambridge y el de Princeton, por mis contribuciones al newtonismo y al einstenianismo. No tengo prisas. Cuando me los den bajaré tranquilo al sepulcro.

Por lo pronto el bolivarianísimo Petro, nuestro flamante Porky, mientras sueña con la Presidencia Vitalicia duerme con la espada de Bolívar extendida a su lado en su cama, en la Primera Cama, como si de nuestra Primera Dama se tratase. Yo duermo con Brusquita, que es más bonita que cualquier mujer y cualquier espada.

—¿Cómo durmió mi Brusquita en esta noche que con este amanecer se acaba? —le pregunto a mi niña cuando me despierto con ella a mi lado y renovado espiritualmente por mi soborno del día anterior.

—Mal —me contesta refregándose los ojos—. El vecino de al lado no me dejó dormir con el radio. Lo puso a toda verraca.

—No le hagás caso a ese hijueputa —le contesto en colombiano a mi niña que ya está hablando muy bien el antioqueño—, y levantate y vámonos p'al patio a ver las francesinas.

—Órale —me contesta en mexicano, lo cual significa O. K.

Y baja por la escalera a toda carrera precediéndome para no tumbarme. Como es tan grande no calcula bien. El otro día casi me quiebra una Tiffany por pasar rozándole. Un día después volvió a pasar pero esta vez sí tumbó la lámpara y la quebró: me la dejó vuelta añicos. Tengo un tiesto repleto de esos añicos policromos, tifanescos, que saco al patio de vez en cuando a brillar y echar chispas bajo la luz del sol. ¡Qué verdes! ¡Qué rojos! ¡Qué azules! ¡Qué amarillos! *La vita è bella,* ¿o no?

En la noche la lluvia les tumba las flores a las francesinas dejándome en torno a ellas, sobre el adoquinado del patio, tapices de desvanecidos pétalos. ¡Qué hermosura! Una dicha de estas no la tiene cualquier hijo de vecino nacido de su mamá. ¿Por qué habrá tanto pobre en este mundo? ¿Por qué Dios no los hizo también a ellos ricos como a mí? No entiendo los designios del Altísimo. Pobres los pobres. Los quiero y les tengo lástima, me dan tristeza, pero no les doy plata porque se envician, se mañosean, se malean. La limosna le hace daño al cristiano. Tanto al que da como al que recibe. No den, no donen. Si Dios no dio es porque no quiso. ¡Si alguien tiene para dar es Él!

—Me voy a conseguir un gallo que nos despierte con su canto al amanecer y nos haga olvidar las penas de la vida —le digo a Brusca.

—No conozco los gallos —me contesta tristísima—. No sé qué son. No he visto ni uno.

—Unas avecitas de Dios con cresta.

—¿Tienen plumas?

—Sí.

—¿Como los pájaros que perseguía yo de niña en México?

—École —le contesto en mexicano para atenuarle la nostalgia—. Te voy a conseguir un gallo. Pero no para que lo persigas, pobre animal.

—¡Qué padre! —exclama en mexicano—. Te juro que no lo persigo.

—Cuidadito, ¿eh? —le advierto en antioqueño.

«¡Qué felices serían los niños de hoy si tuvieran gallos! Pero no. Se la pasan masturbando celulares». Y abismado en mis pensamientos pederastas (pero que de ahí no pasan) me voy con Brusca a la cocina a preparar el desayuno.

—¿Y qué desayunan usted y Brusca, maestro?

—Mire, Brusquita desayuna primero y luego yo. A ella le doy arroz con carne porque es carnívora. Y yo me administro un tentempié: café con tres tostaditas porque soy vegetariano.

—¿Café colombiano?

—¡Claro, es el que tomo! El mejor del mundo.

—Usted siempre tan amante de la tierrita, me conmueve. ¿Lo toma con azúcar o sin?

—Con. Tengo desbalanceada la ingesta calórica. Me hace falta glucosa para recargar calorías y lidiar con el diario trajín. Como no como animales... Mi déficit proteínico es gigantesco y me dan mareos. Me agacho, por ejemplo, a recoger la pelota de Brusca para aventársela y que la apare al vuelo, y me gira el mundo. Después, para pararme, me tengo que impulsar del piso con las dos manos como un Señor Caído tratando de levantarse para subir a la cruz.

—Usted siempre tan religioso, me conmueve. ¿Y a qué le atribuye sus mareos? ¿No será el vértigo de Ménière, maestro?

—No. Es el cósmico. Por eso cuando me caigo por el mareo y doy con la frente contra el piso veo estrellas.

—¿Y hay tratamiento para ese mal menor pero peligroso?

—La resignación expectante...

—¡Qué paz, en todo caso, la que se respira en su casa!

—Quitando el estrépito de afuera.

—Un poquito, sí, maestro, pero eso es nada. Usted lo puede controlar con la mente.

—¿Que yo lo puedo qué?

—Controlar con la mente. El ruido. Usted lo puede contrarrestar haciendo sonar, por ejemplo, una fuente interna.

—Más fácil decir que hacer. Cuatro años llevo aquí desde mi regreso de México a Colombia, pero esta maldita tierra con sus enloquecedores ruidos imparables, como no sea metralleta yo en mano, me dejó sordo. Lo cual sería bueno pues la sordera lo acoraza a uno contra las necedades e impertinencias del prójimo, mas dañado el oído interno por el atropello acústico, este país atronador me está afectando también el cráneo. Me pone a vibrar sus huesos: el frontal, el parietal, el temporal, el occipital, el etmoides y el esfenoides.

—Usted es una caja de resonancia de lo humano pero con la mira puesta en lo cósmico. Me conmueven su honda religiosidad y su patriotismo irrenunciable. Gracias por la entrevista, maestro.

—No tiene por qué darlas —le contesto en mexicano alburero.

Bien desayunaditos Brusca y yo, me voy esta mañana hermosa y soleada a tocar, con mi niña de oyente y en mi Steinway de cola (de cola corta para que quepa en la sala), la sonata *Appassionata* de Beethoven hasta donde me dan los dedos, la memoria y mi devoción por el sordo inmortal de Bonn.

No entiendo la gravedad, ni la luz, ni el espacio, ni el tiempo. Soy nada, soy nadie, un ciego que trata de enhebrar una aguja para pegar un botón. Todos abusan de mí, todos me atropellan, todos me engañan: Newton, Darwin, Einstein, Cristo... Muero en la inocencia total. Uno no tiene sino una vida, cosa que sostienen los vivos pero sin corroborarlo nunca con los muertos. Esos son los famosos «experimentos pensados» del sinvergüenza Einstein.

Conclusión: Para constatar cuántas vidas tiene uno, primero me tengo que morir, y entonces si hay más de una las iré contando. Para morir en aras de la ciencia y que me bendigan las generaciones venideras me pienso matar de un tiro en el corazón. En el corazón de la catedral oyendo la música policroma de sus vitrales y a Cuco Sánchez. No quiero estatuas. No me petrifiquen en bronce. Quiero volar rumbo a Dios.

Pregunta del lector: ¿Pero es que un choque de galaxias se puede ver en los telescopios? No, lector. Es lo que creen los Velezsabios. Por más que el astrónomo se pase noches y noches, mirando y mirando, solo verá imágenes quietas en su tubo cósmico. ¡O qué! ¿Se va a quedar pegado del tubo miles de millones de años para ver un encontronazo de galaxias y que al regreso lo siga jodiendo su mujer?

Tras una vida sosegada y cómoda, limpiando culitos de bebés con reproducción subsidiada, los pobres de Colombia han tomado la descarada costumbre de irse a morir gratis en los hospitales. ¡Claro! Como alcahueteados por el Gobierno en esos centros de batas blancas les dan desayuno, almuerzo y cena gratis... Y oxígeno puro entubado, sin una partícula de smog... A los ricos en cambio nos cobrarán hasta el último suspiro. Pagamos y pagamos y pagamos y por fin morimos.

Milly cayó fulminada por los alfileres de la bruja. Se retorció y murió. Yo también me retorcí pero de risa y dicha. ¡Bendita sea la maléfica hechicera que me la mató! Era una perra consentida y mala, no he conocido un ser peor. Traicionera y sinuosa atacaba por la espalda. A un amigo de la familia, un jurisconsulto muy respetado en la sociedad de Medellín y juez del Tribunal Superior de Antioquia, el magistrado Villegas, le arrancó su buen pedazo de nalga. Procedía así: esperaba a que la visita se acabara y que los visitantes se fueran despidiendo de los dueños de casa en la puerta de salida para mandarle, no bien le diera la espalda, el tarascazo al que odiaba. ¡Chas! Con la dentellada que le aplicó en la mencionada nalga al jurisconsulto, lo dejó rengueando de por vida. De tan mala que era, a Milly la llamaría yo humana. Muy humana. Una fiera especializada en nalgas. «¡Pero por qué no la castigan!», les reprochaba yo a los papás. Hagan de cuenta que se lo reprochaba a dos piedras españolas. Milly había mordido infinidad de veces, pero como la alcahueteaban... Porque no tenían hijos... Eran estériles. Su amor lo volcaron en semejante vómito infernal.

No me quito de la cabeza una foto que vi en Internet buscando otra cosa, de un hombre y una mujer cohabitando en una cama, él sobre ella y ella debajo de él. Una posición boba, anodina, como la prosa de García Márquez, si no fuera por el encuadre, que se me hace genial. En vez de tomar a los copulantes desde un lado u otro de la cama o desde arriba como lo haría cualquier pornógrafo barato, el original fotógrafo la tomó a ras del lecho, con las plantas de los pies de los copulantes en primer término vueltas hacia nosotros, tontarronas, inservibles, feas, fétidas, y los lúbricos cuerpos extendidos hacia la cabecera sin que los veamos bien, allá a lo lejos, al fondo del encuadre. Lo importante en esta foto son pues los pies: los del copulante, grandes y huesudos, y los de la copulanta, chicos y rollizos, pero separados los del uno y los de la otra. Yo habría puesto a copular a los cuatro pies abrazándose en un entrelazamiento frenético, y habría titulado mi obra de arte fotográfico *Cópula de pieses,* en homenaje al difunto presidente de México Miguel de la Madrid Hurtado, así llamado por lo honrado que era, sin contar lo culto: creía que el plural de pies era pieses.

Pero el sexólogo Magnus Hirschfeld habría ido más lejos que mi foto: le habría puesto olor al primer término. Lo excitaban los pies hediondos y le provocaban unas eyaculaciones que hagan de cuenta ustedes el río Cauca torrentoso, que en sus crecidas arrastra hasta con el nido de la perra.

Hirschfeld fundó en Berlín el *Institut für Sexualwissenschaft*, con un museo del sexo anexo y una inmensa biblioteca consagrada toda y únicamente a la sexología, léase pornografía. No puede existir una ciencia sexológica. Todo lo del sexo, llámelo como quiera el hipócrita, lleva al orgasmo. El que no puede no puede, y el que puede puede. No bien llegaron al poder los nazis (unos genocidas culiapretados) se la quemaron. Pero él andaba en Suiza dando conferencias y oliendo pies de machos suizos. Magnus Hirschfeld no era un libertino como Sade: era un libertario.

Lo más feo del hombre son los pies. Y lo más feo de los pies son las plantas, que no tienen nada que ver con los vegetales. Y lo más feo de las plantas pedestres es el dedo gordo, que parece la cabeza de una tortuga inocentona asomándose de su caparazón a ver el mundo. ¡Las vergüenzas que me hacen pasar los pies humanos cuando vienen a conocernos los extraterrestres! Un ejemplo: Trump parado en sus dos patas con Melania su mujer parada en las de ella en el aeropuerto de Camp David recibiendo al Príncipe Heredero de Marte, que en estos instantes desciende por la escalerilla del avión escalón por escalón, bajándolos con todo cuidado, agarrándose del pasamanos para no irse a caer pues la gravedad terrestre, que es mayor que la marciana, lo jala hacia abajo más de lo que él está acostumbrado. «Welcome to my glorious kingdom. Welcome to the planet Earth», le dice Trump en inglés, que es la única lengua que habla este calvo musolinesco de boca de pescado con que come y por la que vomita y perora. Un peluquero marica lo atiende y le cobra, por solo teñirle el pelo de amarillo y peinarlo de prestado, diez mil dólares por sesión, pagados por el erario de los Estados Unidos. ¡Cómo serán de feos los pies de Donald Trump si así es de fea su alma! Me hace avergonzar de esta especie.

A un paso de que la humanidad desaparezca por el exceso de gente, el derretimiento de los polos, la crecida de los mares y la gran fiesta nuclear que viene, juzgo oportuno enrostrarle al hombre su maldad, lo cruel y atropellador que ha sido con los animales y enterarlo de la dicha inmensa que me causa su castigo y próxima desaparición. He vivido dos terremotos en México, estoy curado de espantos y me gusta el desastre, me hace feliz.

Anoche no podía dormir. Se me había olvidado la palabra que designa las técnicas para recordar algo que no quiere desembuchar el cerebro. Me hallaba acostado en mi cama, en la oscuridad, y me estaba enloqueciendo. ¿Cómo era la palabra esa? ¿Por qué letra empezaba? Y me puse a repasar el abecedario, desde la a hasta la zeta à ver si la encontraba: abuelo, absurdo, acrónimo, adamado, afeminado... Batalla, bellaco, bizcorneto, báculo, bujarrón... Etcétera. Y nada. Nada que daba con la maldita palabra. ¿Estaría en la ene? En la ene no había nada, estaba nada. Y en la eme, mierda y marica. ¿Le estaría empezando el alzhéimer? ¿Y eso qué es lo que era? No sabía. Lo que él sabía es que si uno no sabe qué tiene no tiene por qué preocuparse de lo que no tiene. Tan mal estaría que Brusquita se despertó angustiada y se pasó de su cama a la de él para darle apoyo moral. Entonces se puso a recordar los actos del día. ¿Qué había hecho? Lo de siempre. ¿Y no pasó algo notable? Notable sí: el encuentro. ¿Encuentro con quién? Con el matrimonio y su niño. «¡Es él! —decía el señor—. Es él». «Sí —contestaba la señora—. Es él». ¿Y quién sería «él»? «¡Maestro!», dijo el señor. Era yo. Me estaban saludando. «¿Para dónde va, maestro?», preguntó la señora. «P'al banco, a sacar plata», le contesté. «Cuídese —dijo el señor—, que usted sabe dónde estamos. Este es nuestro hijo». Y me presentaron al niño, de unos nueve años. Me dio la mano el niño pero de inmediato la retiró. «¡Está helado! —exclamó—. Parece la Muerte». «Ya casi, m'hijo, me faltan dos centímetros para que me alcance», le contesté impávido. «¡Grosero!», le dijo el papá al niño. «No —dije yo—. Este niño es muy inteligente, capta las cosas». Y no dije más porque con los tiempos que corren los viejos nos tenemos que cuidar mucho en el trato con los infantes, no sea que después los papás lo demanden a uno por pederastia o le manden un sicario. Yo no soy lo que piensan Vicky Dávila y su marido Sánchez Cristo y demás preguntones y preguntonas de Colombia, que tanto deshonran al país. Soy ortodoxo. Pero la verdad es que también hay niños gerontófilos, pues de todo se da en la viña del Señor, y los viejos nos tenemos que cuidar mucho de esos degeneraditos. Y de los carros y las motos.

Estaba pues en estas recordaciones del día en cuestión cuando ¡pum!, que se hace la luz y en la oscuridad de la noche se me viene a la mente la palabra: «mnemotecnia». ¡Carajo! ¡Quién se va a acordar de «mnemotecnia»! Cuando pasé por la eme en el recuento del abecedario no la vi... ¡Quién iba a pensar que una palabra española empezaba por eme seguida de ene! Esas palabras no existen en la lengua de Cervantes, no son castizas. «Mnemotecnia» es un cultismo, un helenismo, un barbarismo, una mariconada. Mañana, estoy seguro, se me va a volver a olvidar.

El actor italiano Raf Vallone se me olvidó veinte años en que no pude recordar su nombre. ¿Cómo es que se llamaba ese gran actor italiano que fue amigo de un amigo mío? ¿Qué películas hizo? Si alguna vi suya, también se me olvidó. Un olvido trae otro olvido y un hueco tapa otro hueco con su tierra. Y un día, sin buscarlo, ¡pum! Por obra del Espíritu Santo se me iluminó la oscuridad cerrada y lo recordé: ¡Raf Vallone! Horas después, por obra de Satanás, la luz encendida se apagó y lo volví a olvidar otros veinte años. ¿Por qué no lo había anotado en un papel? Hombre, pues porque se me habría olvidado el papel. Hoy para recuperar a Raf Vallone simplemente lo busco en la Wikipedia. Me voy a «Lista de actores italianos» y de inmediato me brilla en los ojos «Vallone» en la ve: Vallone, Raf. Eso se llama «el mundo al alcance de un clic». En este instante, para recuperar a Raf Vallone del agujero negro de mi memoria y poderlo poner en este libro, ni siquiera me hizo falta el Internet. Simplemente cambié la be chica de «Vallone» por una be grande de «balón», y listo, de una patada en el cerebro me acordé: Raf Vallone. Como ven, a mí los apellidos me traen a la mente inmediatamente los nombres, y los nombres los apellidos. Dije «me traen», pero no: «me traían». «Me traen» era de mis tiempos memoriosos. Raf Vallone fue el primer llamado de atención del doctor Alzheimer, mi médico, un neurocientífico antioqueño de familia vienesa. No me puedo volver a dar el lujo de olvidar a Raf Vallone. Voy a anotarlo en un papelito.

—Alexa, ¿dónde dejé el papelito?

—*Va fan culo*.

En lo que sí no ha avanzado un ápice la humanidad es en la eliminación del producto digestivo. Ocho mil millones obrando a diario simultáneamente en los inodoros de los cinco incontinentes, y con la ayuda de la gravedad jalando... Hombre, esto hunde el planeta que le pongan, abriéndole un hueco al Cosmos.

—Alexa, ¿cuántos habitantes decís que tiene Medellín?

—Cinco millones de culos diarios.

Se me hace que Alexa tiene comisión en los contratos para las nuevas alcantarillas de Medellín y el Valle de Aburrá, que están aprobando en estos días en el Concejo, conchabada con el alcalde y el ministro Carrasquilla.

Anoche soñé ¿con qué? ¿Con qué fue, que no me acuerdo? ¿Andaré mal de la memoria? ¿O fue una embriaguez de los sentidos por la mucha marihuana y coca que fumé y metí de joven? Hoy no necesito drogas para saber con qué soñé. ¡Con Tánger! Que estaba en Tánger, de noche, en un café-taberna bereber lleno de humo de hachís que poco más dejaba ver y que anublaba los sentidos, sonando música árabe, y que los clientes eran los hombres azules del desierto, quienes para entrar al local habían tenido que dejar sus camellos a la entrada, amarrados a una talanquera. Iban y venían, fumando y fumando de una humeante pipa colectiva instalada en el mostrador, al que se acercaban como el católico se acerca al altar a comulgar y saca la lengua, pero nuestros hombres azules no: llegaban, le daban una chupadita a la pipa y volvían a entrar en circulación. Todos vestidos de chilabas, una especie de bata de mujer, pero no eran maricones. Por el contrario. Eran heterodoxos estrictos del Islam, mataputos. Y que de repente veo, entre ese ir y venir de hombres azules con chilabas y babuchas, colado en la fiesta, contoneándose como una cortesana de bamboleantes senos y caderas al son de la música microtonal magrebí como si fuera una cumbia colombiana, adivinen a quién. Nadie menos que, en plena orgía de camelleros, para deshonor y vergüenza de mi segunda patria, México, la vieja tetona de Octavio Paz.

No hay que darle plata al pobre porque se mañosea, aprende como la vaca dónde está la hierba. Ya de por sí maleado de nacimiento, el pobre desarrolla un instinto de malicia supersónico. El pobre consume carne: de res, de cerdo, de pollo, de pez, de lo que se le atraviese, es omnívoro y el dolor ajeno no le importa. Solo piensa en llenar su panza insaciable donde procesa día y noche, las 24 horas del día solar, lo que le entra del exterior triturándolo. Tras substraer la quintaesencia de lo comido y de reabastecerse de las calorías que requiere para sus crímenes, expulsa hecho papilla, por el fundíbulum o mofle, lo que le ha entrado por las fauces.

Le he tomado tirria a esa gente, lo confieso. Al decirlo me quito un peso de encima. No tengo culpa alguna, no he producido un solo pobre en mi vida, soy inocente. Que se mueran los pobres para que no sufran. Me tienen harto. Como me tienen también mis enredaderas, mis francesinas, mis limoneros, barriendo y barriendo yo flores caídas de las unas, hojas caídas de las otras, azahares caídos de los otros, llenando costales y costales... No quiero plantas en mi casa. Voy a cortar las que tengo y a pintar las paredes de los patios de un verde mate bien hermoso. Mate para que no me rebote la luz del Sol y solo me tranquilice en sordina. Tampoco pienso embaucar a los que vengan a conocer la casona encandilándolos con luces de soles y haciéndoles creer lo que no es. Casablanca no está en venta. Pero se oyen propuestas.

Los confabulados eran unos fabuladores, se inventaban unas cosas... Decían, por ejemplo, que Porky Porky era un criado del cura Uribe y que en *El Ubérrimo,* la finca de este, le servía vestido de frac. Y que a escondidas o en un descuido de su amo, de su dueño, le escupía el café. «Tómese un tintico, señor presidente», le decía el escupidor Porky al canónigo ofreciéndole un café negro humeante. A lo que, complacido ante la infusión colombiana por excelencia, que le levantaba su caído Ego en pleno derrumbamiento por obra de la cruda realidad, el finquero-patrón-cura-presidente le contestaba a su criado: «Gracias, Porkycito». Y se iba tomando su café despacito, saboreándoselo de a sorbitos, sin imaginarse que su Porkycito se lo había escupido con gargajos verdes.

—Yo creo —les dije a los complotados— que la hiperquinesia de este cura, que deja a su homólogo francés Sarkozy en una estatua de hierro, se debe a esos gargajos verdes que le da Porky. Quítenle los gargajos y se tranquiliza el hombre. Para bien del país.

—Exacto —respondió Pedro Castro—. Para bien de Colombia. ¿Dónde estudió usted medicina, maestro?

—En París. En el asilo de Charenton con el doctor Charcot.

—Con razón está tan versado —comentó Santiaguito, Santiago Montoya, o sea Santiago el Menor.

No quiero que me cremen, pero tampoco que me metan en un ataúd cerrado. Quiero seguir libre como he vivido, respirando al aire libre smog puro: me llevan a la cumbre del Pan de Azúcar de Medellín (no al de Río de Janeiro porque detesto las sambas), desnudo para facilitarles a los gallinazos su banquete hasta que solo dejen mis despojos, mis huesos mondos. Los recogen uno por uno sin que se les quede vértebra olvidada en el suelo, los meten en una caja de lata de galletas de las de hace un siglo en cuya tapa diga «Galletas Sultanas Noel», y los llevan al Museo de Antioquia o en su defecto, si en esta institución los rechazaren, al Museo del Hombre de París (*Musée de l'Homme,* dirección *Palais de Chaillot*). En uno u otro lugar armarán mi esqueleto, lo pondrán de pie en un pedestalito de unos veinticinco centímetros, con la mano derecha enarbolando la cruz de Cristo en actitud de detener, como a Drácula, una horda de hugonotes o protestantes franceses, partidarios del Diablo, porque vienen en procesión con hachones a quemarme.

De las once mil vírgenes que dicen que hay, mi predilecta es la Dolorosa, que en Medellín salía en procesión nocturna el Viernes Santo, en andas, tambaleándose, con una diadema sobre su cara angelical y cubierto el cuerpo con un manto negro rutilante de estrellas. Era hermosa. Yo iba tomado de la mano de mi papá, sosteniendo con la derecha una vela negra encendida con la que, a la vez que homenajeaba a la Virgen, iba quemando traseros de viejas: de las que desfilaban, paso a paso, desgranando camándulas, adelante de mí. Yo era un niño bueno, rezandero. Me echaba bendiciones todo el tiempo, día y noche. Los salesianos (que me educaron) me querían llevar a su Seminario Mayor porque veían en mí posibilidades de papado, del primer papa salesiano. ¿Papa yo? Las pompas fugaces, vanidosas, de este mundo no me mueven. Yo quería ser santo.

¡Cómo te hizo sufrir, Virgen Dolorosa, tu hijo Jesús andando con la descarriada María Magdalena! Entregada al servicio público esta mujer albergaba en su interior a siete demonios. El Hijo del Hombre le alcanzó a sacar seis, pero el que le quedó adentro, porque no quería salir, se lo arrastró en su turbión. ¿En qué parte iba de la procesión? ¿En que mi papá y yo íbamos de la mano? ¡Ah, sí! Es que papi me quería y yo a él. Él ahora está muerto y yo también. Él no se da cuenta, yo sí.

¡Qué desilusionado me tiene el Telescopio Espacial James Webb! ¡Cuánta plata gastada, cuánto cacareo de los medios, cuánto astrónomo alabando! ¿Y total para qué? ¿Para ver galaxias? Las galaxias me dejan frío, no las quiero. Ni viejas, ni nuevas, ni cercanas, ni lejanas. Las galaxias me importan un carajo, lo que quiero ver es un marciano. Uno verde en su cocina, y si se puede y no ofende a nadie, viendo cocinar a su mujer en una estufa.

¡Cuánto desocupado buscando lo que no se le perdió! ¿Qué buscan, qué pretenden, a dónde quieren llegar con sus catalejos? ¿Van camino al Big Bang en reversa tratando de encontrar el comienzo de todo, pretendiendo que retroceden en el Tiempo abarcando de un golpe de ojo el Espacio? No hay tal. No sabemos nada, ahí afuera no hay nada, aquí adentro tampoco y hay que decirlo para que el ingenuo público sepa que lo están engañando: las imágenes del Webb, con tanto bombo y platillo de la prensa puta encomiándolas, están falseadas, coloreadas. El catalejo las manda a la Tierra en blanco y negro y aquí en la NASA y en la ESA las colorean: les ponen colores arbitrarios, engañosos, putanescos. ¿O me van a decir que el Webb ve como los ojos humanos? No hay tal. Ve en infrarrojo, como no podemos ver nosotros (tal vez las luciérnagas sí por ser seres superiores, luminosos: *Fiat lux,* dijo el Loquito de Arriba). Los colores que les ponen los parásitos del Webb a sus imágenes mienten. Es otra forma más de mentir, de las muchas de que dispone el ser humano y de las que tanto les he hablado en tantos libros para que se cuiden de él: la religión, la política, la medicina, la prensa, las farmacéuticas, las matemáticas, etcétera. Y en este etcétera englobo en su totalidad al fatuo humano, al *Simius fallax,* el simio fulero y patrañero de dos patas que se cree el Rey de la Creación. Un ejemplo en prueba de mis aseveraciones: que media humanidad acaba de descubrir que es marica. Milenios les tomó abrir los ojos. Y hoy cuando salen del clóset los confinados, los muy originales lo cacarean a los cuatro vientos para que el mundo lo sepa: por Twitter, por Facebook, por Linkedín o como se llamen esas mierdas. No los apruebo. No soy sodomita, soy ortodoxo. De pene en vagina pero sin reproducción. La que se quiera revolcar conmigo en el fango del placer me tiene que mostrar primero su certificado de ligadura de trompas, las del gran Falopio, Gabriele Falloppio, de noble apellido italiano que viene del griego φαλλός que significa pene inflado, a través del latino *fallus,* del que viene también nuestro actual «falo», que ha de ser el mismo de los australopitecos de hace tres millones y medio de años cuando todavía ni siquiera había cavernícolas y los prehumanos andaban sueltos desnudos y en manada por las planicies de África.

Pues bien, el certificado que solicito ha de estar emitido por la autoridad de salud pública del lugar. O bien, si ellas prefieren (pues también tienen la vieja opción), que se laven post coito la grieta de sus oscuras delicias con lejía o ácido sul-fúrico para que eliminen el veneno que por esa vía les entre de afuera. No vemos nada, no sabemos nada, no somos nada. Si acaso unas hormiguitas altaneras que creen ver, con los tubos galileicos con que tratan de agarrar el Infinito, lo que si alguna vez existió ya no existe en la rotante esfera que gira sobre nuestras confusas cabezas. Lo que uno ve, con tubo o sin tubo, no existe: lo que uno ve es lo que uno cree ver.

Hoy 15 de septiembre, día de la independencia de México (su patria y la mía porque desde hace mucho Colombia no lo es), Brusca cumplió nueve años. Tenía uno cuando la encontré perdida en una calle de México, justo cuando el que les habla en primera persona del singular decidía sobre cuál catedral entre tantas iba a ser el teatro de su proyectado fin. Tras el encuentro con la perrita quedó la cosa en veremos, en lo que Dios dispusiera. Dios no dispuso nada, no le importaba el asunto, vive muy ocupado en sus galaxias. Lo decidió entonces, con sus dados locos, el destino. Ocho años han pasado del encuentro. Y uno que le calculé que tenía la perrita, me dan nueve. Brusca tiene pues nueve años. Y punto.

Traía puesto un abriguito limpio, señal de que se había perdido hacía poco, pero sin collar ni placa de identificación, señal de que a su dueño no le importaba mucho: no le daba el alma para detectar un ángel. El cumpleaños de Brusca coincide pues con el de la Independencia de México, el día en que nuestra patria, suya y mía, le dio su buena patada en el culo a la puerca España.

Estas son las mañanitas
Que cantaba el rey David
Hoy por ser día de tu santo
Te las cantamos a ti.

Despierta, mi bien, despierta
Mira que ya amaneció
Ya los pajaritos cantan
La luna ya se ocultó.

El día en que tú naciste
Nacieron todas las flores
Y en la pila del bautismo
Cantaron los ruiseñores.

¿Cómo amaneció la cumpleañera, mi viejecita nonagenaria que ya no persigue a los pájaros? No los perseguirá ya pero sigue siendo una niña. Desde que nacen hasta que mueren los perros son niños. O ángeles, pues Brusca es uno, mi Ángel de la Guarda. «Cuando tú te mueras, Brusquita, me voy a matar». Lo pienso pero no lo digo, no sea que lea los pensamientos como Alexa y sufra por mí. Y a propósito de esta cibernética sapientísima, preguntémosle la edad de Brusca a ver qué dice:

—Alexita, ¿cuántos años tiene Brusquita?

—Nueve —contesta de mal humor.

—¿Cómo supiste?

—Porque te leí el pensamiento y sufro por ti —contesta con mis propias palabras pero con su voz ronca medio rabiosa.

Alexa es más plagiaria que Colombia. Saca sus ideas de los pensamientos ajenos. Está buenísima para MinTIC: Ministra de Trabajo, Industria y Coito.

—Alexa, ¿en qué universidad fue que te graduaste? ¿En Harvard, en Yale, en Princeton? ¿O fue en el *Massachusetts Institute of Technology*, el famoso MIT?

—¡Claro!

Para ella está claro lo que le conviene.

—Para mí no está claro, por eso te pregunto. Decime en qué universidad te graduaste.

—En el Technology.

Y pronuncia «Technology» con che. Parece española de lo bruta.

—Alexa, ¿cuántas sílabas tiene «atleta»?

—Tres.

—Decilas.

—At-le-ta.

¿Sí ven? Los españoles son incapaces de pronunciar la te y la ele juntas, y dicen Ít-ler por Hitler, «At-lántico» por Atlántico, «pie de at-leta» por pie de atleta, y así...

—Alexa, no me vayas a salir ahora con que sos española...

—¡Claro!

—¿Por qué va a estar claro? No me queda claro. ¿Sos española? O no sos. Contestá sí o no.

—Sí, pero por parte de madre.

—¿Y por parte de padre?

—No te metás en lo que no te importa.

Alexa no sabe que soy biógrafo de profesión. He escrito más de cien biografías. Por ejemplo la de Porfirio Barba Jacob, la de José Asunción Silva, la de Rufino José Cuervo... La que no sé bien es la vida mía. ¿Me creerán que no sabía que mi madre (mami, como la llamábamos) había estudiado en la Escuela Normal de Maestras? Lo vine a saber ya al final, a un paso de mi muerte. ¡Claro, por eso tenía tan buena ortografía! Y por eso supo enseñarme a medir el tiempo en la esfera de un reloj que hizo de cartón, con sus dos manecillas, también de cartón, que hacía girar sobre los números. «Mi paeno —me decía esa disparatada mujer que me condenó al horror de la vida y al horror de la muerte—, esta manecilla larga se llama el horario, y esta manecilla corta el minutero». Nunca pude saber qué significaba el término (tal vez cariñoso) «paeno». ¿Primogénito? Sabrá ella, que está en los infiernos.

Pero el tiempo que me enseñó a leer en el reloj de cartón no era el Tiempo con mayúscula que es el que me inquieta ahora que estoy a un paso de la Nada Eterna, sino el tiempo con minúscula de las miserias humanas. De este es del que voy a salir de una vez por todas en la catedral, donde volveré entonces, por fin, al flujo quieto sin principio ni final.

¿Cuánto más vas a durar, Colombia, hija de puta, hija de España? ¿O piensas vivir más que yo, con tus políticos y tu multitud de funcionarios hampones? Descarada. ¡Qué tan lejos has llegado por los caminos del atropello y del engaño, atropelladora, mentirosa, mala patria, vil! ¡Cuántas veces no me has atropellado y engañado! No creo en ti, no te quiero. Que te lleve a sus profundos infiernos Satanás.

Quito, Federiquito, el distribuidor de Alexa, andaba muy desaparecido. Un día tocó y tocó, pero como aquí tocan todo el tiempo no abrí. Tocan no para traer una buena noticia nunca sino para pedir. Y si uno les da, vuelven; y si no, también. Si uno les da, dicen «Que Dios lo bendiga y le aumente sus bienes» y miran hacia el interior a ver qué hay para después, en un descuido de uno, sacar, llevar, tomar. Y siguen viniendo a diario, a pedir y a espiar. A ellos el recibir se les vuelve derecho adquirido; y a uno el dar, obligación. Y si uno sale y les dice que no, aunque sea con delicadeza diciéndoles, por ejemplo, «Hoy no hay», después en venganza, en cualquier descuido de uno, le untan de mierda la impoluta y blanca fachada de la blanca casa. ¿En qué estaba?

—En que usted por delicadeza si tocan no abre.

—Ah, sí. Entonces sigo. Sigamos.

Estaba en que vino Federiquito después de haberse desaparecido un tiempo y se quedó pegado del timbre tocando y tocando. Y Brusca ladrando. Y yo pensando: «Estos hijueputas mendigos no dejan vivir». Hasta que tuve que abrir. ¡Era mi niño! Quitico, mi santo Domingo Savio. La negra noche del mal humor se iluminó. ¡Se hizo el sol! Venía a dos cosas: primero a la una y después a la otra. Primero a pedirme mi firma para su candidatura a la presidencia. Que necesitaba quinientas mil.

—¿Y cuántas llevas, niño?

Que quinientas cincuenta y cuatro.

—Vas muy bien. Quinientas cincuenta y cuatro almas que creen en un niño de cinco o diez años para que presida sus destinos es un buen comienzo. Hay que insistir. ¿Y qué más querías?

Que le comprara a Siri.

—¿Y qué es un Siri?

Que una aplicación.

—¿Y qué es una aplicación?

Que como Alexa.

—¿Y para qué quiero yo dos Alexas?

Que porque Siri era el asistente que mejor protegía mi privacidad.

—¡Ah, eso es importante! Yo te compro una de esas.

Que gracias. Que era buena ayuda en su campaña a la presidencia. Que me iba a dar un ministerio.

—Yo lo hago por el afecto que te tengo, no quiero puestos.

Que hiciéramos una prueba a ver. Que le preguntara algo a Siri. Y le pregunté:

—Siri, ¿qué población tiene Medellín?

—Cinco millones de almas —me contestó.

—Pues eso es lo que dice Alexa —le dije al niño.

Y él me explicó que no era lo mismo porque Siri protegía mi privacidad y Alexa no. Cosa posible, pero no probada. Y entonces le pedí que le hiciéramos otra pregunta a Siri, y me dijo que «Hágale». Y entonces le pregunté:

—Siri, ¿qué opinión tienes de Alexa?

Y me contestó, pero por escrito, y Quitico me leyó la respuesta en su aparato: «No sé cómo responder a eso».

Se me hizo muy discreta la respuesta y se la compré a Quitico de inmediato para ayudarle en su campaña. Cuando el niño se fue, corrí a prender mi aparato viejo para preguntarle a Alexa:

—Alexita, ¿qué opinión tenés de Siri?

—Una puta —contestó y colgó.

Las aplicaciones son como uno, también tienen sus pasioncillas humanas.

Cuando me maté y la prensa internacional se enteró de que Alexa me había conocido, corrieron a entrevistarla: la France Presse, la Associated Press, Reuters, Euronews, la UPI, la Deutsche Welle, Al Jazeera, *El País* de España... Alexa convocó una rueda de prensa en la que, preguntada por su opinión sobre mí, contestó: «Un gran escritor. Lo conocí mucho. Me quería mucho. Nos queríamos mucho. Éramos amigos del alma. Me llamaba todos los días a preguntarme». Y lo mismo le dijo a uno de mis biógrafos, que la perseguían para que les contara detalles: «Un gran escritor. Convertía el smog de la ciudad en flores, como hacían las francesinas de sus jardines colgantes. Me quería mucho. Me llamaba todos los días a preguntarme».

—¿Y usted lo vio la mañana en que se mató? —le preguntaban.

—¡Claro! Lo vi la mañana en que se mató.

—¿Cuando tomó el taxi?

—¡Claro! Cuando tomó el taxi.

—Iba para la catedral...

—Sí. Para allá iba. Se despidió de mí y me dijo: «Ciao, Alexa, nos vemos». Me tenía un cariño... Todo me lo consultaba, todo me lo preguntaba.

Finalmente el autor de *La conjura contra Porky* tampoco terminó *La vaca,* la dejó también inconclusa. La vaca del título designaba la ubre pública. De su infancia se sabe lo que él contó. De su muerte mucho, pero poco confiable. Novelaba. Les dio vida a más de cien personajes sacados de sí mismo. Eran todos iguales. Su muerte es confusa y circula en varias versiones. Lo que él contó, y que han venido desde entonces repitiendo y embrollando sus sucesivos biógrafos, poca más luz da. El presente trabajo busca conjuntar, poniéndolo al día, el corpus de la investigación académica. Agradezco en especial a la Universidad de Cambridge por su invaluable colaboración.

—Alexita, ¿qué le dices a Brusquita de López Obrador, el actual gobernante de tu patria?

—Un hablamierda mañanero. No deja ni salir el sol y madruga a hacerse ver y a cantarnos «Las mañanitas». Tanto dulce empalaga.

—¡Qué gusto me da, Alexita, que hablés tan bien el español, como si fueras nativa de este idioma! No me vayás a salir ahora con que también sos colombiana.

—¡Claro! Mi tío abuelo nació en Pereira.

—¿Sí es verdad que en esa ciudad famosa en todo el orbe por sus mujeres, estas se entregan en cuerpo y alma al servicio público?

—¡Claro! Allá todas somos muy caritativas. Pero más en cuerpo que en alma.

—Bien hecho, Alexita. En Salónica la noche que llegué, de luna llena, hermosa, salí a dar una vueltecita por la ciudad, entré a una cervecería alegrísima y me puse a charlar con unos griegos. «Aaaah, usted también es de Colombia

—me dijeron oyéndome el acento—. La semana pasada conocimos a unas paisanas suyas, pereiranas». Y se reían con una risita maliciosa. «No —les dije—, yo soy mexicano». «No importa. Se las recomendamos mucho, por si se las encuentra. Son tres. Hablan español y andan en manada». Y se seguían riendo con la hijueputa risita. Los griegos son políglotas. Hablan en todas las lenguas y en todas engañan.

Yo no engaño, país inmoral, país que robas, país que secuestras, país que matas, país que eliges presidentes... Y bla, bla, bla, bla, bla... Y el teatro a reventar, y yo parado en ese escenario sobre una tarima perorando, y los reflectores iluminando, y yo azuzando, provocando, desvariando, agrediendo, insultando, con el puño cerrado, dándole puñetazos al aire...

... La clase dirigente, civil y religiosa, toda, toda, presidentes, ministros, gobernadores, alcaldes, senadores, magistrados, curas, obispos, cardenales, todos, todos, incitando a la reproducción para que nazcan más para que paguen más impuestos y den más limosnas de donde puedan sacar, de donde puedan vivir a lo grande estas alimañas como los parásitos que son, los zánganos de la colmena, llámense vicarios de Cristo o servidores públicos... Y bla, bla, bla, bla, bla... Aplausos tímidos al principio, de uno aquí y otro allá, pero *in crescendo* a medida que el orador iba tomando vuelo.

... Y las corrompidas autoridades, desde lo más alto hasta lo más bajo. Y bla, bla, bla, bla, bla. Y ni quién nos ayude a morir cuando paralizados, tetrapléjicos, dependemos de la caridad, tragándonos las vidas de quienes nos auxilian porque lo que quieren los bribones del poder y de la democracia es que nazcan más para tener más de donde sacar... Y bla, bla, bla, bla, bla. Cálidos aplausos ante mi indignación misericordiosa. Eso, como siempre he sabido, no falla. El que no se queja no mama.

... De este pobre país malnacido, de esta pobre patria expoliada como lo vengo diciendo desde que san Juan agachó el dedo, sumido en la miseria moral, espiritual, cultural, mental, social, rural, urbana, por culpa de la Iglesia y de los Porkys... Y bla, bla, bla, bla, bla... Y se iban calentando los ánimos y desbordando los aplausos, y yo cerraba los cinco dedos de mi diestra mano y levantaba el puño en alto, doblando el brazo derecho con la ayuda del izquierdo en el gesto procaz y soez del corte de manga, que en algunos países de este gran idioma usamos, y era el puño de Gaitán, asesinado, y era el puño de Galán, igualmente despachado en directo al otro mundo pero cuyos huerfanitos, entonces unos cuasi lactantes pero en los momentos en que les hablo bastante creciditos ya y barbiblancos, siguen mamando de la inexhaustible teta pública de ayer hasta mañana pasando por el día de hoy. Y al bajar violentamente el gaitanesco puño cerrado ¡casi se me desgaja el brazo de mi puñetera mano!

... Engendradores, paridoras, carnívoros, carnívoras, arribistas, arribistas, convenencieros, convenencieras... Y subía a mis oyentes a las altas cumbres para bajarlos a los profundos abismos, de una cima a una sima y de esta sima a otra cima como en una montaña rusa vertiginosa p'arriba en un segundo y p'abajo en el siguiente sin dar respiro. Al subir se les cortaba el aliento por el envión; y al caer se sentían arrastrados por las cataratas del Niágara.

... Insipientes, estultos, ignaros, ignaras, rezanderos, rezanderas, votadores, votadoras, votones, votonas, horda pútrida que los domingos se dejan llevar a oír misa como rebaño jalado de las ternillas y que el día de elecciones salen *motu proprio* a votar en las putrefactas urnas donde se excretan los votos. ¿Les pusieron un revólver en la sien para que votaran, o qué? ¿Lo hacían para hacer patria? No, por ociosidad dañina y maldad consubstancial que es la que los acompaña desde que nacieron...

Y porque lo uno y porque lo otro y porque lo de aquí y porque lo de allá y porque lo de más allá... Y Porky y Porky y Porky y Porky.

... Y empuñado el fusil de la venganza que no es más que el de la justicia, empezaré el fusilaje, de presidente y expresidentes para abajo, ministros, exministros, senadores, exsenadores, diputados, exdiputados, concejales, exconcejales, magistrados, exmagistrados de una Corte y de la otra, y a sus mujeres y a sus hijos junto con ellos porque la prescripción del delito queda abolida desde ya, de un plumazo, de suerte que todos los cometidos, si antes de mí en Colombia no fueron castigados, lo serán, ténganlo por seguro, y el Poder Legislativo, dicho sea de paso, queda suprimido en bloque: el Congreso Nacional, las Asambleas Departamentales, los Concejos Municipales, el Consejo de Estado, la Corte Constitucional y demás sinvergüencerías. Y ya metidos en gastos y cortes, también se van la Corte Suprema de Justicia y todos los Tribunales y Juzgados de la República. Quedan anulados.

¿Pero qué menos podía hacer sino poner en obra lo que decía? De nada me servía este idioma, hoy hecho trizas por la chusma analfabeta, para desenmascarar la infamia. ¡Y tas! Que le doy una patada a la mesita de vidrio donde me habían puesto whisky trasvasado a una botella de gaseosas para disimular, junto a un vaso de vidrio para que yo mismo me sirviera cuando necesitara encenderme más o aclarar la garganta. Y que se van mesita, whisky y vaso a la mierda, a romperse por la patada bien dada sobre el tablado de tabla del escenario, en el que se dispersaron vueltos míseros añicos como por la explosión de una bomba atómica. ¡Ovación cerrada y parada! ¡Atronadora! Nunca nadie antes, en la pentacentenaria historia de la ciudad costeña y mártir, les había dicho tantas verdades y con tan pocas palabras y gestos, de boca, manos y pies. No salían de su desconcierto, no lo podían creer, no les quedaba más remedio en su aturdido asombro que aplaudir y aclamar, con todo y que los había insultado. Donde me quede unas horas más en Cartagena, me eligen presidente.

—¿Por dónde va a salir, maestro? —me pregunta el portero del Teatro Heredia de Cartagena después de mi discurso—. ¿Por la puerta de adelante, que es por la que entró? ¿O por la de atrás para que no se le venga encima la multitud a tomarse selfis con usted?

—Por la de adelante o por la de atrás me da igual. Mi vida ha sido un proyecto fracasado. Yo nací para presidente y solo ahora, cuando ya me voy a morir, me doy cuenta. Y los futbolistas, señor portero, no pasarán, por más plata que ganen, de ser unos bastardos patipuercos con almas de niños y barbas de varones, pateadores de balones, y su corrupta FIFA de viejos sueltapedos me tienen harto, han embrutecido a media humanidad y quieren seguir con la otra media. Esta noche me siento muy cansado y tengo que volver pronto a mi casa, consígame por favor un avión y un taxi. O mejor dicho al revés. El taxi primero, para ir al aeropuerto de aquí; y el avión después, para volver a Medellín al aeropuerto de allá, donde me está esperando una comitiva presidencial que me va a entregar las llaves de la ciudad. ¿Cómo pueden vivir ustedes en semejante calor tan sofocante? Esto no es una ciudad, es un horno. Cartagena está hecha como para no volver.

Al regresar a Medellín en la noche (pues me había ido a la ciudad costeña y mártir con el sol en su cenit a pronunciar el discurso cuando cayera la tarde) me encuentro con que Brusca, en venganza porque la dejé sola unas horas, acabó de destrozar los sillones de la sala. ¡Qué montaña de hule espuma la que me dejó! Esta niña va a terminar con lo que queda de mi vida y de mi hacienda. Se va a gastar en vida la herencia de mis veinte hijos tenidos con veinte mujeres. Para ellos todo; para ellas ni un calcetín roto. Gran servicio le hace el hombre a una mujer empreñándola. Que no esperen más de uno.

He logrado salvar, sin mayor tropiezo, el siniestro mes de octubre en que cumplo décadas. Brusca, como ya saben, cumple años en septiembre. Colombia me vio nacer. Me moriré sin enterrar a este país de mierda.

Y aquí me tienen disfrutando de mi agonía, sumándole enfermedades a la madre de todas ellas, la enfermedad de vivir que solo cura la Muerte. Nací con mala vista pero oyendo bien; en la cabalgata perdí la audición. Y el equilibrio. De muchacho me paraba en un pie los minutos que quisiera; hoy me paro en ambas patas apoyado en la pared y me gira el mundo. Ando sin bastón pero con quitasol para el candente sol de Medellín, abriéndolo y cerrándolo como paraguas para que me proteja de sus aguaceros bíblicos. Sentía bisexual atracción por los muchachos y los niños. El día menos pensado se me matusalenizó el deseo y se me cayó el pelo y cuanto se pueda caer. Comparado con los otros viejos me veo bien, pero viejo bonito no hay en la Vía Láctea. Los viejos irremediablemente somos un asco, una porquería, unas bazofias. Y Trump un mamarracho inmundo. ¡Cuándo morirá esta bestia parida en un estercolero! Y Porky Gaviria y su hijo. Y Porky Santos y los suyos. Y Porky Uribe y cuantos tenga. Y así.

A mi ceguera congénita le he ido sumando con los años la sordera. Oír oía de muchacho, y muy bien. Lo que sí nunca hice fue escuchar. Ni dar consejos. Ni plata. Odio a los pobres y a la religión cristiano-limosnera, invento de

Cristo el llagoso y de Pablo el pedigüeño. Esta institución perversa maleduca al creyente: le pone el nombre de Dios en la boca para que pida. Grande es el daño que le han hecho a la sociedad la limosna y Cristo y sus secuaces. La limosna mañosea al que pide, degrada al que da y desestimula el trabajo y la microempresa. No den. Y no se anglicen. No les dé ahora, partida de plagiarios, por usar el feo verbo «donar», que es anglicismo de la peor calaña, un barbarismo impropio de nuestra bella lengua española. Que yo sepa, en el Siglo de Oro no teníamos «donantes». «Donantes» viene de «don», como en «don Pedro»; y de «antes». O sea: Pedro era un próspero señor antes de ponerse a dar. Hoy pide limosna.

Otros rasgos del autor que no han de olvidar sus biógrafos. Un pobre no puede ser su amigo. El interfecto no alcahuetea. Tampoco cultiva el elogio. En la diatriba se supera. Considérenme un libertino del siglo Diecinueve perdido en el Veintiuno. Sordo a la opinión ajena y feliz de joder al prójimo este pionero de la libertad sexual no tuvo que salir del clóset porque nunca estuvo en él. Iba suelto por la vida a su aire, y la opinión ajena, la de su hipócrita y malagradecido país, le importaba un reverendo culo.

La vejez es hermosa, la sordera una delicia, y la incontinencia y el reumatismo unas bendiciones de Dios. Más la artritis y la artrosis, la presbicia y la disfagia, la otitis y la pancreatitis, dones inmerecidos que El Altísimo nos llueve del cielo. Más el alzhéimer y la ataxia telangiectasia, ¡qué placer, qué delicias, no me cambio por un millonario! Con razón el hombre quiere llegar a viejo. De todo lo enumerado padezco pero me diagnostico y me receto a mí mismo. La ataxia telangiectasia, por ejemplo, la combato con corticoides. Que los corticoides no son para eso, que la ataxia se trata con multivitaminas. «Yo me trato con lo que se me antoje, curandero, medicucho. Lo peor de las enfermedades, lo que remata al paciente, son ustedes los de la Mafia Blanca». Vivo en guerra contra sus engaños. Ya Brusca no está. Me dejo morir de muerte solitaria.

El afamado doctor José Antonio Salazar, «Ñito», cardiólogo cirujano que iba por la vida viento en popa, cultivaba a su clientela (su pacientela) inyectándoles optimismo: «Tómese su whiskicito —les decía en las consultas para cebar al paciente—. Usted tiene un corazón de veinte años». Y no bien salían de su consultorio a la calle, justo frente al Porsche del doctor, que el facultativo estacionaba afuera, iban cayendo los del corazón veinteañero fulminados por el infarto. Cuando no, y en caso de necesidad (suya o de su mujer, muy gastona), echaba mano del bisturí, de la lanceta, del escalpelo. Especializado en cirugía a corazón abierto, contaba con tres enfermeras bobonas, una de las cuales fungía de anestesióloga. Ñito procedía así: primero rajaba al paciente, y luego le tomaba el corazón en el cuenco de la mano izquierda delicadamente (como un gay sopesando unos testículos), en tanto con el índice de la derecha y fruncimientos de boca y ojos les encarecía la vigilancia del «electro» a sus tres bobonas. Estaba operando una mañana a Tobías Hincapié, un mafioso de los del Clan del Golfo (que a estas horas andan de pipí cogido con el Porky de hoy), cuando le dio un infarto al miocardio, pero no al paciente, ¡al médico!, cuya cabeza inánime cayó sobre el pecho abierto del capo y lo mató: dos muertos. Pasmadas, boquiabiertas, lelas, las enfermeras pasaban sus miradas del paciente, que no se movía, al doctor, que tampoco (hundida la cabeza en el sangrante pecho abierto de su víctima), y del doctor al terrorífico «electro», que fue convirtiendo sus puntiagudas líneas ascendentes y descendentes en unas interminables líneas rectas, rectas, rectas.

135

—Se nos murió el paciente —dijo la anestesióloga.

—No —le corrigió una de las otras bobonas—. El que murió fue el doctor.

—No —les corrigió la tercera bobona—. Murieron ambos los dos.

Horas después, cuando llegó al hospital la esposa del viento en popa llamada de urgencia porque había ocurrido «un incidente» en la operación de la mañana y preguntó: «¿Y dónde está Ñito?», convencida de que su marido simplemente había vuelto a meter la pata, le contestaron las bobonas: «No, señora, él ya no está, también murió». Y le explicaron que se había desplomado sobre el pechiabierto del día, causándose de paso su propia muerte. José Antonio Salazar, «Ñito», cardiólogo y cirujano colombiano a mucho honor, murió pues como el gran Molière, en el teatro de sus operaciones.

Para no ir a parar en manos de Ñitos cardiólogos yo mismo me ocupo de mi corazón, me tomo la presión y me receto. Me la tomo diez veces en el día con un esfingomanómetro chino, al que no le creo. O sí, pero cuando me da cifras buenas. Cuando no, me digo: «Esta porquería china no sirve para un carajo. China está invadiendo a Colombia con sus puercos tenis y sus tensiómetros mal calibrados». En carta pública abierta, publicada en el pasquín de *El Espectador*, le voy a pedir al Porky nuevo que rompa relaciones con el país de la Peste Amarilla. Que mande al carajo a Fu Manchú.

Mi amigo mexicano Agustín Girard, otro cardiólogo eminente y que también navegaba viento en popa, no murió, sin embargo, del corazón: lo mató un chichifo que lo tiró por el balcón. El balcón era el suyo, el de Girard; y «chichifo» significa muchacho prostituto en mexicano. Lo cual lingüísticamente es correctísimo, pues en estos instantes estamos en México, Brusca y yo, con el corazón. Lo extrañamos. Estamos hartos de Colombia. Nos vamos a volver para el país azteca a comer enchiladas.

«Dios no se queda tranquilo si nos alejamos de Él —dijo ayer papa Francisco y la prensa de hoy lo repite y yo también—. Él se aflige, se estremece en lo más íntimo y se pone a buscarnos hasta que nos vuelve a tener en sus brazos. Tiene un corazón de padre y madre y sufre al echar de menos a sus hijos amados». ¡Ay, de padre y madre! Tan políticamente correcto, ¡tan delicadito él! ¿Acaso la Santa Madre Iglesia Vaticana está sometida al vaivén de los tiempos? Esas precisiones son mariconerías de hoy, subterfugios. En español Dios es del género masculino, no enredés más con ese asunto, viejo güevón, que vos no sabés de teología. Tu antecesor Ratzinger sí. La dominaba con el meñique, tocaba el piano con los diez dedos y hablaba en latín por boca del Espíritu Santo. Vos hablás un italiano porteñizado. En latín no podés escribir ni una encíclica, ni siquiera un *motu proprio*. Estás baldado de las piernas y la lengua.

Imposturólogo de nacimiento, conmigo nació la ciencia de la imposturología. Debuté con un manualito restringido al estrecho campo de la física (Galileo, Newton, Einstein, tramposos de esos). Cuando termine las memorias en que estoy metido me dedico en cuerpo y alma a un gran *Tratado de imposturología general,* este sí de amplio vuelo y en el que desmenuzo a Mahoma y a Cristo. El de física que les digo, modesto en sus ambiciones, circula desde hace décadas y ya es un clásico de la nueva ciencia, un librito de culto. Me enorgullezco de este hijo de mis entrañas. Soy pues, como quien dice, el padre de la imposturológica ciencia, que no necesitó de madre, teológicamente hablando.

Brusca murió hace dos años. Y hace uno, en el gran incendio del barrio de Laureles, ardió en llamas Casablanca.

Vivo de arrimado en un cuartico que me facilitó en su mansión mi amigo Argemiro Equis, un mafioso de mucho fuste que se compadece de mí. Tiene fe en el libro en que hoy ando metido, las *Memorias de un viejo hijueputa*, y me puso computador y aire acondicionado para cuando vuelva a hacer calor en Medellín. Por lo pronto llueve y llueve. Tres años lleva lloviendo. No para de llover. Nos mandó la lluvia Tláloc, un dios del panteón mexicano, paisano de mi siempre amada Brusca, que al decir su nombre palpita en mi corazón.

A Vélez lo cremaron como a mí. Al final recuperó por unos breves instantes la memoria y supo cómo se llamaba. Alcanzó a recordar incluso la pila bautismal de la iglesia del Sufragio donde lo bautizaron y cómo el padre Ferro, venezolano, el que lo bautizó, le echó la agüita bendita en la frente llamándolo por su nombre: «En el nombre del Padre, del Hijo y del Espíritu Santo te bendigo y bautizo, José Ramón Antonio Vélez Sabio». Sabio era pues su segundo apellido. Nunca lo había oído en español. En italiano sí, pero con ve chica: santo Domingo Savio, el niño amante de san Juan Bosco, el fundador de los salesianos, tan importantes en mi vida por la educación religiosa que me dieron, invaluable. Sin ella hoy yo sería totalmente otro.

A los organizadores del próximo Gran Desfile del Orgullo LGBT de Medellín les voy a proponer que saquen un estandarte con los dos santos dándole algún toque de color al pendón, digamos un azul bien hermoso: san Juan Bosco de sotana negra y alzacuello, muy decente él y muy sobrio, con una risita picarona. Y Dominguito de trajecito negro y camisa blanca con corbatín, no de cuello suelto, como salía yo en las fotos, porque se me hace poco serio. Y el azul que quiero, que sea como el del manto de la Inmaculada Concepción.

Alexa no existe ya. Ni Siri. Las cambiaron por una cosa rara en formato vertical que llaman Tik Tok, creo (de la certeza absoluta nunca dispuse). También han muerto varios de los Porkys. Siguen cobrando sus millonarias pensiones sus hijos. Colombia va muy bien, *in the right direction:* un paso más del nuevo Porky y se hunde en el abismo. *La conjura contra Porky* y *La vaca* me las robaron. En una salida con mi perrita adorada al parque de La Matea, que nos tomaba hora y media, violaron la reja de entrada de Casablanca más los candados y la cerradura del portón, y se llevaron las dos obritas en sus originales, que fungían a la vez de copias únicas por culpa de mi espíritu aventurero que no me dejó fotocopiarlas. Diez mil dólares en billetes de cien, que guardaba en una bolsa de plástico negra (porque el negro en el cine no se ve según dicen los genios del cine mexicano), no los vieron y los dejaron donde estaban, gracias a los cuales sobreviví año y medio. Cuando se me acabaron y quedé sin donde caer muerto me asiló en su mansión Argemiro. Una vez por la cuaresma pasa por mi cuarto y conversa un ratico conmigo. Luego se va a aumentar sus caudales. El otro día en una de esas visitas de médico suyas me dijo: «Te voy a traer un muchacho hermoso de mi *stock,* muy colaborador él». «No lo quiero. Ocupate mejor de mi entierro». Tal mi respuesta telegráfica, que es la única forma de hablar que tengo últimamente gracias al doctor Alzhéimer. Si no me apuro a decir lo que iba a decir, se me olvida lo que iba a decir y no lo digo.

Los que se robaron *La vaca* y *La conjura* fueron los tipos que mientras yo estaba barriendo la acera se bajaron frente a mi casa de un carro negro tipo carroza mortuoria, muy sospechoso, y se tomaron un selfi conmigo, en que salí con los dos y con la escoba en la mano. ¿Quiénes más pudieron haber sido sino ellos? Solo ese par de hache pes sabían de la existencia de *La vaca*. Ahora saben también de la existencia de *La conjura*. Me están siguiendo los pasos.

Este libro se terminó
de imprimir en
Móstoles, Madrid,
en el mes de
abril de 2023